쓸모없는
하루는 없다

쓸모없는
하루는 없다

쓸모없는 하루는 없다.

: 행복한 나를 위한 30일 오늘 활용법

기우뚱…? 역시 휘청거렸다. 2022년 12월 29일이었다. 나는 밤새 내린 눈 위를 걷고 있었다. 몸에 비해 덜 자란 내 발은 눈 위에서 균형을 잘 잡지 못했다. 하지만 나는 눈 위를 걷는 법을 안다. 아기처럼 짧은 보폭으로 아장아장 걸었다. 아니면 넘어지게 될 테니까.

나는 이미 알고 있다.

한 발 한 발 위태로운 나와 달리, 나의 반려동물 웰시코기는 이틀째 산책을 못 나온 터라 신이 났다. 길이었던 곳도, 잔디였던 곳도 어디라고 할 것 없이 하얀 옷을 새로 입었다. 뽀도독 뽀도독 듣기 좋은 눈 밟은 소리. 솜이(강아지 이름)는 이리 뛰고 저리 뛰고 벌써 난리가 났다.

누구도 밟지 않은 하얀 눈 위를 걷고 있자니 어느새 흥이 나와 발동을 걸기 시작했다. 솜이 와 함께 열심히 나 잡아봐라~ 하며 놀던 중.

'쿵!'
'퍽!'

아니나 다를까, 넘어져 버렸다. 솜이는 아랑곳하지 않고 달려와 내 옆에 앉더니 얼른 자기 머리를 쓰다듬으랍신다. 이런 효년 같으니라고.

나는 내 몸에 비해 발이 작다. 그래서 균형을 잡기 힘들다. 눈길은 특히 더하다. 흥이 오르려는 찰나 미끄러진 나. 나는 이미 알고 있었는데 잠시 망각했구나 싶었다. 순간 머릿속 전구에 불이 켜졌다.

"그래! 오늘도 또 배우는구나."

맞다. 단 하루도 쓸모없는 오늘은 없다. 불혹을 훌쩍 지났음에도 나는 오늘도 또 배운다. 문득 '쓸모없는 하루는 없다'는 생각이 들었다. 그리고 이 주제에 흥미가 느껴졌다. 우리가 살아가는 오늘은 하루에 꼭 하나라도 깨닫게 해준다.

'오늘의 나'를 통해 진짜 나로 살아가는 법

이 책은 모두 내 삶과 경험에서 비롯되었다. 그래서 특별하지도 않고, 전문적이지도 않다. 하지만 평범한 오늘에서 길어올린 특별한 깨달음과 특별한 순간들을 모았다. 모두 나를 깨닫는 소중한 보물이었다. 부디 이 보배 같은 오늘을 살아내며 한 달 동안 소중한 나를 만날 수 있기를.

오늘을 맞이하는 법

2부 오늘과 함께하는 법

새로운 오늘을 사는 법

1부

오늘을
맞이하는 법

실패투성이인 내가 지금까지 실패만 한 줄 알았는데, 그 실패 속에서 배운 것들이 생각나기 시작했다. 사업에 실패했지만, 실패의 이유를 알게 되었다. 무엇보다 나 자신이 어떻게 준비해야 했던 것인지 분명히 알게 되었다. 무엇보다 인생은 실패의 연속이 아니라, 배움의 연속이라는 걸 깨달았다.

실패한 것 같은 오늘

하루를 마치고 잠에 들려는 순간, 나지막한 한숨이 나올 때가 있다. 특별한 일이 있어서가 아니라 그냥 오늘 하루도 딱히 잘 보낸 것 같지 않아서 나오는 한숨이다.

'휴……'

그나마 그 정도라면 다행이겠는데, 정말로 뭔가 해놓고도 온통 실패한 것투성이인 하루라면 그 한숨은 더 깊고, 더 길 게 나온다.

'휴우우우……'

나는 무엇 하나 뚜렷하게 잘하는 것이 없는 아이였다. 그건 지금도 큰 차이가 없다. 그리고 결정적으로 뒷심이 부족해서 일을 벌리는 것만 잘 할 뿐, 정작 마무리까지 잘 하지는 못한다.

하나씩 세어보면 제법 많은 실패를 했다. 사업도 한번 실패했다. 회사에 다니면서 퇴직금을 받아본 적도 없다. 첫 강아지도 끝까지 지키질 못했다. 계속 떠올리다 보니 괴롭다. 그런데……. 그런데 말이다. 괴로움이 지나고 깨달음이 왔다!

실패투성이인 내가 지금까지 실패만 한 줄 알았는데, 그 실패 속에서 배운 것들이 생각나기 시작했다. 사업에 실패했지만, 실패의 이유를 알게 되었다. 무엇보다 나 자신이 어떻게 준비해야 했던 것인지 분명히 알게 되었다. 회사에 다니면서 퇴직금은 받지 못했지만, 그걸 통해 다양한 사람을 만났고, 틀에 박힌 직장생활이 나한테 맞지 않다는 것을 깨닫고 받아들이게 되었다. 그 실패의 와중에 살짝 고지식하지만 한없이 다정한 남편도 만났다. (남편의 고지식함으로 인해 많이 다투기도 했지만) 실패를 반복하기 싫었던 나는 '참음'을 배우게 되었고, '다름'을 인정할 수 있게 되었다.

무엇보다 인생은 실패의 연속이 아니라, 배움의 연속이라는 걸 깨달았다.

완벽한 오늘은 없다

자, 한 번 생각해 보자. 인간은 신도 아니고 기계도 아니다. 모든 것이 다 완벽해 보이는 사람도 오늘보다 더 나은 내일을 꿈꾼다. 전성기 시절 김연아 선수를 보면 올림픽이라는 꿈의 무대에서 세계가 극찬하는 3회전 연속 점프를 해낸다. 하지만 그 김연아 선수조차 0.1점을 더 따내기 위해서 연습을 그치지 않았다. 김연아 선수가 스스로 완벽하다고 생각하고 연습을 중단했다면 과연 우리가 아는 그 김연아가 존재할 수 있었을까? 스스로 완벽하지 않다고 생각했기 때문에 지금의 김연아가 탄생한 것이 아닐까?

오늘의 실패는 그저 실패의 쓴 맛만 남기고 사라지지 않더라. 쓴 맛을 가만히 곱씹어보면 하나라도 배울 점이 있더라. 그러니 실패했다고 기죽지 말자. 그 대신 실패를 직면하자. 가만히 들여다보면 분명히 나에게 가르쳐주는 그 어떤 것이 숨어있을 것이다.

실패 속에서 배우기

1) 지금까지 살아오면서 경험한
   실패 목록을 적어보자.
2) 그리고 그 실패에서 무엇을
   배웠는지 적어보기 바란다.

실패 속에서 배우기

"무엇보다 인생은 실패의 연속이 아니라,
배움의 연속이라는 걸 깨달았다."

내 삶을 보듬고 정리하는 오늘

삶은 만남과 헤어짐의 연속이다. 수많은 사람을 만나고 또 그만큼 헤어지며 살아간다. 평소에는 공기처럼 그저 당연한 줄 알고 살지만, 어려운 일을 만나면 그제야 내 주변의 사람들이 다시 보인다.

내 삶을 돌아보며 타인의 시선과 만나다

열심히 살아야 했고, 그렇게 살아야 하는 줄 알았다. 앞만 보며 바쁘게 달려가던 어느 날이었다. 갑자기 나에게 '병(病)'이 찾아왔다. 불치병은 아니었지만, 갑자기 삶이 멈춰서고 죽음에 다가간 기분이었다.

투병하는 **(기간) 동안 나는 비로소 내 주변을 둘러보기 시작했다. 내가 어떤 삶을 살았는가, 그리고 나는 어떤 사람들과 함께 하고 있었는가? 평소에는 잘 보이지 않던 인간관계의 감정이 몰려온 순간이었다. 오래도록 함께 한 인연, 또 오래도록 함께 할 인연이 있어서 얼마나 감사했던지. 하지만 제대로 정리하지 못한 채 그냥 짊어지고 살았던 인연도 있었다. 더 정확하게 말하자면 그것은 인연이라기보다는 '시선'이었다.

문득 누군가의 말이 떠올랐다.

"내 인생을 사십시오. 남의 시선, 남의 편견을 의식하며 남의 인생을 살지 말고, 내 인생을 사세요"

병과 함께 씨름하며 나를 돌아보니 나는 평생을 남의 시선과 편견, 그리고 남들이 정해놓은 기준과 잣대로 나를 보고 살았음을 깨달았다. 결국 한 번도 내 인생을 살아온 게 아니었던 셈이었다. 병이 온 게 그런 이유 때문은 아니겠지만, 병을 치료하면서 나는 비로소 내 마음 속 '타인의 시선'을 정리할 수 있게 되었다.

내가 원하지 않았지만 남들에게 잘 보이기 위해서 꺼내지 못했던 말들이 얼마나 많았던지, 화가 나고 아닌 것 같아도 괜찮은 척 하면서 넘어간 순간이 어찌 그리 많았던지.

쓸모없는
하루는 없다

"괜찮습니다. (안 괜찮습니다)"

"편한 대로 해주세요. (불편하지만 제가 참습니다)"

"……. (이건 너무 불합리적인 게 아닌가요?)"

어디 말만 그랬을까. 남들의 시선과 잣대 때문에 하지 못했던 선택, 혹은 억지로 해야 했던 선택은 또 얼마나 많았으며, 남들 때문에 그저 가만히 참고 있던 순간은 또 얼마나 많았는지 나는 비로소 깨닫게 되었다.

"내 인생을 살아야겠다."

마음 속에서 타인의 시선을 걷어내고 나니, 사람들과의 관계도 다시 보였다. 만나면 불편한데 말도 못하고 억지로 이어오고 있던 인연들, 나의 감정을 상하게 하는 데 일가견이 있던 인연들을 정리하기 시작했다.

소중한 사람들과 만드는 내 인생

인생을 살면서 내 마음에 드는 사람만 고를 수는 없다. 나도 누군가에게 불편한 사람일수도 있다. 다 같이 살아가는 세상에서 어떻게 갈등이 없을 수 있을까. 하지만 말도 하지 않고, 나 스스로에게만 희생을 강요하는 건 내 삶에 대한 예의가 아닌 것 같다.

내가 사는 인생이니 적어도 나 스스로의 말을 먼저 들어야 하지 않겠는가? 먼저 타인의 시선을 내 마음속에서 걷어내자. 그리고 내 목소리에 충실해보자. 한 번 뿐인 나의 인생, 내가 나를 소중히 보듬으며 살아가는 오늘이 되기를.

타인의 시선 걷어내기

1) 지금까지 살아오면서
내가 아닌 타인의 시선과 기준 때문에
힘들었던 적이 언제인지
5개 이상 적어보자.

타인의 시선 걷어내기

2) 만약 타임머신을 타고
그때로 돌아간다면
그때의 당신에게 무엇이라고
말해주고 싶은가?

....

....

....

....

....

....

3일

꾸준함의 힘을 깨닫는 오늘

'시간 앞에 장사는 없다.'

내가 어떤 일이든 하루 1시간씩 투자한다고 생각해보자. (꼭 1시간이 아니라도 좋다) 30분이든, 10분이든 매일 꾸준히 한다면 그 시간이 쌓여서 언젠가 결과물을 맛볼 것이다. 그게 만약 어떤 기술이라면 베테랑이 되어있을 것이고, 그게 만약 운동이라면 건강함을 얻을 것이다. 너무 당연한 말 같지만, 우리는 이 당연한 이치를 곧잘 잊어버리는 것 같다.

꾸준함을 깨닫다

누구나 꾸준하게 하는 것이 있겠지만, 의미 없이 반복하는 것이 아닌, 나를 위해 꾸준히 시간을 투자하는 것이 중요하다. 나는 1년이 넘게 필사를 하면서 비로소 꾸준함의 중요성을 깨달았다.

사실 필사를 시작한 이유는 단순했다. '글씨를 이쁘게 잘 쓰고 싶어서'였다. 매일 좋은 책을 옆에 두고 필사를 하며 인스타그램에 인증샷을 올렸다. 처음부터 1년을 정해놓고 시작한 건 아니었다. 그런데 얼마가 지났을까? 점점 내 글씨가 보기좋게 정돈되고 예뻐지는 게 눈에 보였다. 내가 필사에 투자한 시간은 하루에 대략 15분 정도였을 뿐이다. 그런데 그 15분을 매일 하다 보니 변화가 일어났다.

"글씨가 너무 이뻐요!"
"어쩜, 글을 너무 잘 쓰시네요."

악필 of 악필 이었던 내게 글씨가 이쁘다는 댓글이 달리기 시작했다. 처음에는 나 스스로 실감이 안 나서 '못 쓰는 글씨인데 잘 봐주셔서 감사하다'고 말했다. 하지만 석달이 지나고 반년이 지나고 1년이 지나니 글씨체가 확실히 달라진 게 느껴졌다. 물론 아직도 갈 길은 멀지만, 여전히 필사를 하면서 캘리그래피도 독학으로 배우는 중이다.

원래 잘하던 것이 아니라, 원래 못하던 것인데 꾸준히 하는 것만으로 잘하게 되니 더 신기하고 신이 났다. '노력은 결코 배신하지 않는다'는 말이 있지 않은가. 꾸준히 시간을 들이는 만큼 확실한 투자는 없는 것인데 말이다. 모르는 것도 아닌데 왜 이 단순한 진리를 실감하지 못하고 살았을까?

당장 시작해보자

오늘은 내가 정말 잘 하고 싶었던 일을 단 5분만이라도 시작해 보자. 잘하는 게 목표가 아니라 시작하는 게 목표다. 그리고 내일도 딱 5분을 해보자. 모레도, 글피도, 그렇게 꾸준히 해보자. 이건 확실하게 장담할 수 있다. 꾸준히 하기만 한다면 분명 나는 달라져 있을 것이다. 그리고 1년이 지났을 때 그것을 시작했던 오늘의 나를 칭찬하고 기억해주자.

꾸준한 하루를 시작하기

1년 뒤 나는 어떻게 달라져 있으면 좋겠는가?
지금보다 어떤 말을 더 많이 하고 싶은가?
지금보다 어떤 행동을 더 많이 하면 좋겠는가?
무엇이든 꾸준히 시간을 투자해 보자.

꾸준한 하루를 시작하기

"원래 잘하던 것이 아니라, 원래 못하던 것인데 꾸준히
하는 것만으로 잘하게 되니 더 신기하고 신이 났다."

4일

나 자신에게 선물하는 오늘

　선물 받는 걸 싫어하는 사람은 드물 것이다. 나는 간혹 나 자신에게 진짜 '선물'을 준다. 선물의 느낌이 나게 꼭 포장도 꼼꼼히 신경을 쓴다. 내가 나에게 주는 것이지만 그래야 받았을 때 기분이 다르기 때문이다. 혹 선물을 주문할 때 포장 여부까지 꼭 확인하여 포장까지 옵션에 넣어서 주문한다. 그러면 받았을 때 그 기쁨은 기대이상이 된다. 물론 누군가는 이렇게 생각할 수도 있다. 결국 내 돈으로 물건을 사는 것과 무엇이 다르냐고? 그때 나는 이렇게 이야기 한다.

　"물건을 사는 것과 선물을 사는 것은 마음부터 다르거든요. 그래서 전 물건을 사는 게 아니라 나에게 줄 선물을 고르는 것입니다."

물리학적으로 볼 때 사람이 '살아있다'는 것은 대단히 불안정한 상태라고 한다. 그렇기 때문에 인간은 계속해서 에너지를 섭취해야 한다고 한다. 나는 물리학은 모르지만, 이 말을 다음과 같이 해석할 수 있지 않을까?

"사람은 누구나 돌봄이 필요하다."

어린 아이뿐만 아니다. 사람이라면 누구나 다 돌봄이 필요하다. 사람 인 한자만 보더라도 인간은 서로 기대어 살아가는 존재라고 했다. 그래서 나는 나 자신을 돌보는 것부터 잘해야 다른 사람을 돌보는 것도 잘할 수 있다고 생각한다.

더 중요한 게 있다. 바로 자기의 필요가 무엇인지 잘 아는 것이다. 나는 다른 사람의 필요를 채워주면 '알아서' 그 사람도 나의 필요를 채워주겠지 하고 생각했었다. 그런데 그렇지 않더라. 자신의 필요가 채워지고 나 몰라라 하는 경우도 많고, 나의 필요를 채워준다고 하지만 전혀 내가 필요하지 않은 것을 내가 필요한 것이라고 오해하는 경우도 많았다. 그러니 결국 나의 필요는 내가 먼저 잘 알고 있어야 하고, 내가 먼저 채워줄 줄 알아야 하지 않을까?

나를 채워줄 사람이 나 밖에 없을 때, 나는 그냥 내 주변에 아무도 없으니까 나라도 나를 챙겨야지 하는 심정인 적도 있었다. 그런데 그렇게 했더니 기분이 안나는 것이다. 기껏 시간과 비용을 투자해 나를 위한 시간을 가졌는데도 '남들은 남이 알아서 챙겨주는데 나는 이게 뭐지?' 하는 불평만 하는 나를 발견했다.

안되겠다 싶어서 하루종일 수고한 나에게 꽃다발을 주는 것부터 시작했다. 내가 산 것이지만 다른 사람에게 받은 것처럼 나에게 꽃다발을 선물했다. 그랬더니 기분부터 달라지는 걸 느꼈다. 그래서 좀 꾸미고 싶은 마음이 들 때 나 자신에게 향수를 선물해 주었다. 그냥 가서 향수를 사는 게 아니라, 누군가 나를 위해 선물하는 것처럼 포장까지 했다.

읽고 싶은 책이 있을 때에도 나를 위해서 짧은 메시지를 쓰고 책 선물을 했다. 그냥 기분이 좋아지는 정도가 아니라, '돌봄' 받는다는 느낌이 들기 시작했다.

나는 예전부터 만화 주인공 '짱구'를 좋아해서 피규어도 사곤 했는데, 가끔씩 지금도 나를 위해서 짱구 피규어를 '선물'한다. 짱구처럼 늘 긍정적이고 즐겁게 지내는 나를 위해서 주는 선물이다.

꼭 물건이 아니어도 좋다. 나를 위한 시간을 가지는 것도 선물이다. 분주한 일상을 보내다가 모처럼 시간을 정해서 집에서 느긋하게 책을 읽는 것도 나를 위한 선물이다. 또 그냥 들리는 음악이 아니라 내가 좋아하는 클래식 음악을 골라서 시간을 정해 듣는 것도 나를 위한 선물이다. 오늘 하루도 열심히 살아낸 나 자신에게 조그만 선물을 해보면 어떨까?

나에게 선물하기

지금까지 어떤 선물을 받았을 때
좋았는지 내가 받았던
선물 목록을 적어보자.

....

....

....

....

....

나에게 선물하기

나는 어떤 선물에 기뻐하고
감동하는 사람일까?

5일

추억을 꺼내보는 오늘

앞만 보고 달려가는 세상에서 한 번쯤은 뒤를 돌아보는 때도 필요하지 않을까? 나는 대구에서 태어나서 불혹의 나이가 될 때까지 대구에서 살았다. 당연히 초-중-고-대학교 모두 대구였고 직장생활도 대구에서 했다. 그러니 나에게 '대구 = 추억'이다. 그런데 내 추억을 아름답게 만들어주는 화룡점정 같은 존재는 바로 '친구'들이다.

함께 만드는 추억

특히 대학 친구들과는 지금까지 특별한 우정을 쌓아 오고 있기에 졸업 후에도 함께 모임을 하면서 두 달에 한 번씩 꼭 만나곤 했다. 하지만 시간이 지나면서 다들 배우자의 직업에 따라 대구에 남은 친구도 있지만 각각 청주로, 부산으로, 울

진으로, 그리고 나는 인천으로 뿔뿔이 흩어지게 되었다. 예전처럼 만나지 못하니 늘 그리움에 목말라 있었고, 한 번 모이기도 쉽지 않았다. 그래도 만나기 힘들어진 만큼 만날 때의 기쁨은 더욱 커졌다.

모처럼 다 같이 모이는 날이 정해지면 누가 먼저랄 것도 없이 반가운 수다가 시작된다. 4명이 모이면 4명이서 동시에 떠들어서 자기말만 하는 경우도 있고, 어디를 가든 사진은 필수인 친구가 있어 늘 우린 사진을 수십에서 수백 장까지 찍는다. 그것이 결국엔 다 추억으로 남는 거였다.

작년의 일이다. 모처럼 제주도에 2박 3일 여행을 가기로 했는데 하필 우리가 가기로 한 날이 역대급 태풍이라고 했던 힌남노가 북상할 때였다. 당연히 가기 전부터 다들 말이 많이 나왔다. 역대급이니 가면 안 된다는 친구, 그래도 어렵게 정한 것이니 가기로 하자는 친구(일명 나) 그리고 알아서 하라는 친구, 가든 안가든 상관없다는 친구 하지만 내가 누군가? 하고 싶은 것은 어떻게든 꼭 해야 직성이 풀리는 사람이다 보니 우기고 우겨서 제주행을 감행했다. 그리고 친구들에게 선전포고하듯 말했다.

"일단 가자! 가서 비가 오면 어쩔 수 없는 거고 비가 안 오면 땡큐인 거 아니가? 무조건 가자!"

결국 나를 포함해서 4명이 함께 제주도로 가게 되었다. 하늘님의 덕분에 제주도에 도착한 시점부터 바람이 좀 불고 날이 흐리긴 했어도 비는 오지 않았다. 그렇게 첫 날 일정을 마무리하고 저녁 늦게 숙소로 돌아가는데 그때부터 비가 조금씩 내리기 시작했다. 우리 4명은 회의를 시작했다.

"오늘은 운이 좋아서 비를 맞지 않고 다닐 수 있었지만, 내일은 어떻게 될지 알 수 없다. 그리고 모레 우리가 집에 갈 때 태풍 때문에 비행기가 뜨지 않을 수도 있다."

하루 종일 재난문자가 계속 빗발치고 있었다. 뉴스에서도 역대급 태풍이니 조심해라, 비행기가 연착하거나 아예 결항될 수도 있다는 등 여간 난리가 아니었다. 이제 우리 중에서도 심각하게 여기서 여행을 접고 돌아가야 되지 않냐는 말이 나오기 시작했다.

'어떻게 모인 자리이고 어떻게 얻어낸 여행인데……'

하지만 비행기가 뜨지 않으면 우리는 회사에 결근을 하게 될 것이고 아이가 어린 친구들은 아이들을 돌볼 수 없으니 계속 강행하자고 우길 수는 없는 노릇이었다. 우리는 대신 다른 아이디어를 냈다. 친구 중 한명이 월말 부부라서 마침 집에 아이들만 있는 상황이었고 친정엄마가 옆 동에 사셔서 우리가 가서 집을 써도 된다는 것이었다. 그렇게 태풍이 몰아닥친 가운데 1박은 제주도에서, 1박은 대구 친구집에서 지내고 집으로 왔다. 또 하나의 추억을 쌓은 것이다.

친구는 추억이다

우리가 살아온 모든 시간이 다 추억이라고 할 수 있겠지만, 사실 가장 아름답게 간직하는 추억은 역시 친구들과의 추억이 아닐까. 친구가 많이 필요한 것도 아니다. 당장 무엇을 해야 하는 것도 아니다. 추억을 떠올리고 나와 함께 했던 친구들을 떠올려 보자.

꼭 옛 추억만 꺼낼 필요도 없다. 지금부터라도 친구를 만들어 추억을 쌓아가는 것 역시 가능하다.

친구

살아오면서 나와 가장 친했던
친구들과의 추억을 떠올려 보자.

만약 그 친구에게 연락이 가능하다면
그 때의 추억을 같이 이야기해보자.

친구

지금 내 주변의 친구들을 떠올려보자.
그 친구들과 어떤 추억을 쌓아가고 싶은가?

6일

건강검진 하는 오늘

건강이란 무엇일까? '건강한 육체에 건강한 정신'이라는 말이 있다. 그러나 누구나 살면서 크고 작은 병치레 한 번 없이 늘 건강하기만 할 수는 없다. 중요한 건 회복하는 힘이 아닐까 싶다. 설령 어딘가 아프고 병이 오더라도 잘 이겨낼 수 있는 힘 말이다.

병은 예고 없이 찾아온다

2019년에 유방에 자잘한 물혹들이 많아서 맘모톰 시술을 받았고 6개월에 한 번씩 정기 검사를 하기로 했다. 2021년 4월, 정기검사 날이었다. 몸에 대한 걱정은 전혀 없었다. 그저 검사를 마치고 해야 할 일을 생각하고 있었는데, 초음파 선생님께서 한창 모니터를 보시면서 계속 고개를 갸우뚱거리고 미간에 주름까지 짓고 계셨다. 게다가 무엇인가 컴퓨터에 막 적고 계셨는데 아무래도 분위기가 심상치 않아 보였다.

"혹시 안 좋은가요?"
"담당 선생님께서 말씀해주시겠지만 조금 안 좋네요."

갑자기 마음이 초조해졌다. 답답하고 불안한 마음으로 순서를 기다렸다. 내 이름이 불리고 진료실에 들어가자마자 무거운 분위기가 느껴졌다. 이미 선생님은 '이 환자, 어떡하지?' 하는 표정이셨다.

'아……. 아주 안좋구나'

답답해 미칠 지경이었던 내가 먼저 물었다.

"선생님 혹시 암인가요?
"네, 제가 보기엔 그렇습니다. 2기 정도 되는 듯합니다."

순식간에 세상이 무너져 내리는 듯 했다. 선생님은 의뢰서를 작성해 줄 테니 큰 병원으로 가라고 했다. 유방암 2기가

쓸모없는
하루는 없다

의심된다는 의뢰서 내용을 읽으며 나는 어린 아이처럼 정말 엉엉 울었다. 누가 보든지 말든지 신경 쓸 겨를도 없었다. 그냥 엉엉 소리 내어 울었다. 너무 놀랐고, 설마 했던 두려움이 폭발한 때문이었을까.

겨우 진정을 하고 병원에서 나오자마자 남편에게 말했다. 남편은 '아닐 수도 있다. 오진일수도 있다'며 집으로 가 있으면 자기도 바로 가겠다고 했다. 나는 억장이 무너진 마음을 추스릴 겸 집까지 걸어서 20분 정도 거리를 걷기 시작했다. (그 와중에도 암 보험금은 얼마나 나오는지, 암 2기면 어느 정도인지 눈물을 뚝뚝 흘리며 인터넷을 찾았다.)

집에 도착하니 아무것도 모르는, 마냥 해맑은 우리집 강아지가 꼬리 없는 엉덩이를 좌우로 흔들며 나를 반겼다. 나는 쓸쓸한 미소를 지었다.

"그래, 내가 니 때문에 웃는다."

곧 남편이 집 앞이라며 내려오라고 했다. 차에 타 남편의 얼굴을 보니 또 설움이 북받쳤다. 당시는 코로나 시국이라 열이 있으면 병원 출입조차 할 수 없던 때여서 차에 앉아 창

문을 열고 '진정 또 진정'을 속으로 외치며 겨우 병원에 들어갈 수 있었다.

그 뒤 이어진 조직검사와 수술, 4차까지 거듭된 항암치료와 방사선, 약물치료를 병행하며 1년을 어떻게 견뎌냈는지도 모르게 휘몰아치는 아픔과 함께 시간을 보냈다. 지금은 2차가 되어 약물과 호로몬 주사를 맞으며 누구보다 건강하기 위해 노력하고 있고 또 애쓰고 있다.

회복하는 힘

갑자기 찾아온 병에 많이 놀라고 두려웠지만, 정기검사 덕분에 더 악화되기 전에 잘 발견했다고 생각한다. 병과 싸우며 건강은 건강할 때 챙기는 것이라는 말이 맞다는 걸 실감했다. 평소에 별 생각이 없이 했던 행동, 그저 편하게 먹었던 음식들, 작은 습관 하나하나가 전부 건강을 좌우하는 중요한 것들이었다. 그래서 나는 주변 사람들에게도 틈날 때마다 이야기한다. 제발 바쁘다는 건 핑계에 불과하니, 꼭 건강검진을 받으라고. 내 친구 중에도 물혹이 있다고 해서 빨리 건강검진부터 받으라고 했다. 다행히 모두 단순한 물혹일 뿐이라 해서 안심이 됐다.

회복하는 힘은 병이 났을 때가 아니라 병이 나기 전에 미리 단련하고 준비해야 하는 것 같다. 바쁘다는 핑계로 내 몸을 소홀히 하지 말자. 아프면 나만 손해고, 나만 서럽다. 바빠도 시간을 내서 챙겨야 한다. 건강 검진뿐만 아니라 건강한 생활 태도, 건강한 음식, 건강한 운동 다 마찬가지다. 평소에 건강한 사람이라야 만에 하나 병을 만나도 회복이 빠르다. 우리, 지금 건강하자.

건강

나는 지금 건강한가?
다음의 3가지를 점검해보자.

1) 마지막으로 건강검진을
받은 것은 언제일까?

. . . .

. . . .

. . . .

. . . .

. . . .

건강

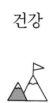

2) 식생활, 생활습관, 운동 등 건강을 위해
   하고 있는 일은 무엇일까?

....

....

....

....

....

....

....

....

건강

3) 좀 더 건강하게 살아가기 위해서
평소에 해야 할 일은 무엇일까?

7일

정리정돈하는 오늘

'나는 정리정돈을 잘하는 사람일까? 못하는 사람일까? 아니면 하기 싫은 사람일까?' 나는 정리정돈을 못하기도 하지만 하기 싫어하는 사람이었다. 물건이 여기저기 흩어져 있더라도 그게 자연스럽고 편했다. 또 지금 안 쓰는 물건이 있어도 당장 버리기보다 혹시 모를 순간에 대비해 모아두는 편이었다. 하지만 지금은 정리정돈의 달인까진 아니어도 중급 정도는 되는 것 같다. 정리정돈 하는 시간이 단순히 물건을 제 자리에 놓는 것 이상의 의미가 있다는 걸 깨달았기 때문이다.

미니멀리스트와 만남

결혼 전 남편이 혼자 사는 집에 갔을 때 나는 정말 깜짝 놀라고 말았다. 이 남자는 정리정돈은 물론이고 모든 생활에 있어서 철저한 미니멀리스트였기 때문이다. 뭐랄까, 문화 충격, 컬쳐쇼크를 받은 것이다. 그리고 미니멀리스트와 결혼을 한 나는 여러 과정을 거쳐 지금 단계(?)까지 오르게 되었다.

"너 이거 입어?"

남편이 자기 옷 정리를 하다가 내 옷을 보고 한 말이었다. 남편은 봐주는 것 없이 지금 필요 없는 물건은 다 버리거나 중고거래에 내놓았다. 지금 당장은 아니라도 언젠가 필요할 수도 있는데 왜 꼭 군이 다 버리고 팔아야 하는지 이해하기 힘들었다. 그런데 언젠가 쓸 것이라는 물건의 '언제'는 좀처럼 찾아오지 않았다. 공간만 차지하고 있을 뿐.

남편을 따라 안 쓰는 물건을 다 정리하고 나니, 싱크대도, 서랍장도, 장롱도 전부 깨끗하게 정리가 되면서 오히려 쓸 수 있는 공간이 늘어나게 되었다. 남편은 물건을 버리는 게 아니라, '공간을 넓히는 사람'이었던 것이다.

나는 신기하기도 하고 놀랍기도 했다. 정리해서 없어진 물건 때문에 딱히 불편은 없었고 정리된 곳에 대한 기쁨과 뿌듯함만 남았다. 그렇게 나도 미니멀리스트가 되어가나 했지

쓸모없는
하루는 없다

만 그것은 잠시뿐이었다. 나는 다시 물건을 채우기 시작했고, 공간은 점점 더 좁아져 갔다. 다시 집안은 엉망이 되었고 남편은 불편해 했다. 그래서 싸우기도 많이 싸웠다.

'필요 없는 물건을 산다는 남편과 필요한 것을 샀을 뿐이라는 나와의 충돌……'

오랫동안 살아오며 몸에 배인 습관이 쉽게 바뀌지는 않을 것이다. 하지만 그렇게 비우다가 또 채우다가 다시 비워가면서 나는 미니멀과 맥시멈의 중간 어디쯤에 정착하게 되었다. 지금 나에게 정리 정돈은 스트레스 해소용 작업이랄까. 조금씩 정리정돈하는 즐거움을 알아가는 중이다. 중요한 건 물건만 바라보는 시선이 아니라 공간을 바라보는 시선이다. 정리 정돈 되어 넓어진 공간을 보면 참 뿌듯하면서 기쁨이 찾아온다. 시야가 넓어지고 마음이 편해진다.

공간을 만드는 습관

여전히 이 물건이 당장 필요한가, 아닌가는 서로 생각이 다를 수 있다. 하지만 공간은 한정되어 있다. 이것은 정해진 사실이다. 그러니 중요한 건 내가 살아가는 공간을 되도록 깨끗하고 넓게 활용하는 것이 아닐까.

나는 정리정돈을 하면서 시야가 넓어지고, 공간을 바라보는 시선을 배웠다고 생각한다. 어쩌면 우리의 삶도 마찬가지가 아닐까. 너무 과거만 바라보거나, 너무 미래만 바라보고 있어서 현재라는 공간은 발 디딜 틈도 없이 빽빽하고 비좁아지진 않았을까.

지금 당장 필요한 것이 아니면 과감하게 정리해보자.

쓸모없는
하루는 없다

정리정돈

지금 내가 생활하는 공간을 한 번 살펴보자.
당장 필요한 물건과 그렇지 않은 물건을
구분해서 정리해보자.
되도록이면 지금 필요한 물건 위주로 남겨놓자.
내 연락처도 한 번 살펴보자.
내 하루일과는 어떤가? 나 자신을 돌아보고
정리정돈하는 시간을 가져보자.
중요한 건 빈 공간을 만드는 데 집중하는 것이다.

물건도, 관계도, 일정도 너무 빽빽하다면
정리정돈의 시간이 필요하다.

정리정돈

....

....

....

....

....

....

....

8일

마음을 보살피는 오늘

남들이 봤을 때 나는 긍정적이고 낙천적인 사람이라고들 한다. 하지만 혼자 있을 때의 나는 좀 어두운 면도 있다. 아마 모든 사람이 어느 정도 그럴 것이다. 그저 밝기만 한 사람도 없고, 항상 어둡기만 사람도 없다. 맑은 날만 계속되면 사막이 되고, 비 오는 날만 계속되면 홍수가 난다. 그래서 중요한 건 적당한 균형인 것 같다.

마음의 균형

나는 다른 사람들과 있을 때는 밝고 낙천적인 편이라 그만큼 혼자 있을 때는 또 어둡고 걱정이 많기도 하다. 때로는 혼자 마음의 지하땅굴을 몇 백 미터씩 파고는 거기 들어가 굳이 안해도 될 걱정을 찾아서 한다. 그런 상태가 되면 당장 몸에도 이상이 생긴다. 일단 먹는 것부터가 문제다. 배고픔에 무의식적으로 닥치는 대로 먹거나 아예 아무 것도 먹지 않기도 한다. 그러면 기다렸다는 듯 위통과 두통이 찾아온다. 위가 쓰릴 때면 나는 엄마 생각이 난다.

우리 엄마는 젊은 시절부터 많이 예민하신 편이셨다. 물론 자식 사랑은 차고 넘치시지만 그 차고 넘침 때문에 예민해질 때도 있었고, 음주가 잦은 아빠와의 사이에도 트러블이 있었다. 그럴 때마다 엄마는 식사를 잘 하지 않으셨다. 아니, 거의 굶었다고 보는 게 맞겠다. 10년이 넘게 힘들 때마다 굶는 생활을 지속하다 보니 위 건강에 빨간불이 켜졌다. 위에 천공이 생긴 것이다. 굶은 상태에서 위산이 계속 나오니 위에 구멍이 뚫린 것이다. 결국 위궤양까지 걸리고 말았다. 늘 메스꺼움과 구토, 두통과 위통에 시달리던 엄마는 병원에서 치료를 받고 약을 먹으며 고생하셨고, 한참 후에야 건강을 회복할 수 있었다.

맑은 날과 흐린 날

맑은 날이 있으면 흐린 날도 있다. 또 더운 날도 있고 추운 날도 있다. 하지만 어느 한 쪽만 계속 되면 몸도 마음도 무너지고 만다. 마음이 괴로우면 몸도 괴로워진다. 마음의 균형

이 무너지는 것 같으면 나는 다시 정신을 차리고 균형을 잡
자고 마음먹는다. 평소에 다르게 순서를 바꿔서 나 혼자 있
는 시간에 나를 위해 기분 좋은 일들을 하고, 가까운 사람에
게 고민을 털어놓는 것이다.

균형 맞추기

나는 평소에 사람들에게 밝은 면만 보여주려고
하는가? 아니면 어두운 모습만 보여주고 있는가?
너무 한쪽으로만 쏠리지 않게
오늘은 평소와 반대로 살아보자.

남들에게 너무 밝은 모습만 보여줬다면
오늘은 가까운 사람에게 평소에 말하지 않았던
고민이나 힘듦을 이야기해보자.

평소에 너무 어둡게만 지냈다면
오늘은 옷도, 분위기도, 표정도, 마음도
밝게 바꿔보자.

9일

나 자신을 인정하는 오늘

살면서 나 자신을 돌아보는 일이 참 어렵다. 특히 내가 잘하지 못하는 것, 내가 실수하거나 잘못한 것, 내 능력으로는 도저히 안 되는 것을 인정하는 게 참 어려운 일인 것 같다. 왜냐하면 그것을 인정하는 순간, 내가 다른 사람들보다 뒤쳐진다고 생각되고, 무엇보다 내 자존심이 상하기 때문이다.

부족함을 인정하면 얻을 수 있는 좋은 점

아무리 발버둥 치며 애를 써도 나이를 먹어가면서 나의 부족함을 인정하지 않고는 도저히 살아가기가 어렵다는 걸 깨닫게 되었다. 안 되는 것을 억지로 된다고 하면서 꾸역꾸역 실패를 해 가는 게 주변에서도 보기 안 좋았겠지만, 나 스스로에게 덮쳐 오는 창피함과 자괴감이 파도처럼 밀려들어와

얼굴마저 화끈거렸던 적이 한두 번이 아니었다.

"안됩니다."
"못합니다."

안되면 안된다고, 못하면 못한다고 말하면 되는데 그 소리가 하기 싫어서 '됩니다.', '할 수 있습니다.' 해놓고 결과물을 참패로 만들었던 적이 여러 번이었다. 이제 비로소 못하는 것은 못한다고 인정하고, 잘 하는 것 위주로 해가는 편이다. 못하는 것은 정말 어떻게 해도 안 되더라는 걸 인정하는데 제법 시간이 걸린 셈이다. 하지만 지금이라도 나의 부족함을 인정할 수 있어서 얼마나 다행인지 모른다.

그런데 못하는 것과 안 하는 것은 구분하자고 말하고 싶다. 환경이 여의치 않아서, 능력이 부족해서, 어떤 이유로 못하는 것과 환경과 능력이 되는 데도 안 하는 것은 엄연히 다른 것이다.

살다보면 할 수 있는 데까지 노력해도 안 되는 것이 많다. 도저히 인정하고 싶지 않지만, 누구나 최선을 다해도 안 되는 것이 있기 마련이다. 하지만 빨리 인정하는 것도 한 가지 방법이 아닌가 한다. 안 되는 일에 투자하는 것보다 빨리 내가

쓸모없는
하루는 없다

할 수 있는 일에 내 시간과 마음을 쏟는 게 현명한 일이다.

못해도 괜찮다

무엇보다 나 자신을 위해서 그렇고, 내 주변 사람들을 위해서도 그렇다. 찾아보면 나에게는 부족함도 있지만, 또 재능도 있다. 나의 강점을 살리고, 나의 약점은 보호해주는 게 맞지 않을까? 자존심이 상한다고 계속해서 인정하지 않으면 그저 야속한 시간만 흘러갈 뿐이다.

부족한 나도 나고, 잘하는 나도 나다. 다만 적절한 때에 맞게 서로 해야 하는 역할이 다를 뿐이다. 모든 것을 다 잘하면 좋겠지만, 사실 따져보면 하나라도 잘하는 게 있는 편이 더 좋은 것 같다. 모든 것을 다 잘하면 삶이 얼마나 바쁘고 피곤하겠는가. 그리고 우리 모두는 이미 알고 있다. 모든 것을 다 잘하는 사람은 상상 속에서만 존재한다는 걸. 그러니 내가 잘하는 것에 집중하고, 내가 잘하지 못하는 건 잘하는 사람에게 맡겨보자. 내가 모자라면 모자라다고 이야기하면 된다. 우리 모두는 서로 채워주며 살아가는 사회적 존재니까. 더 이상 안되는 것, 못하는 것에 나를 밀어넣지 말자.

나 자신을 인정하기

잘하고 싶지만 잘 못하는 것을 무엇일까?
그런 나의 부족함을 인정했는가?
만약 아직 인정하지 않았다면
나 스스로에게 괜찮다고 격려해주자.
못해도 괜찮다. 그만큼 열심히 했으면 충분하다.

이제 내가 잘하는 다른 재능을 찾아보자.
필요하다면 내가 부족한 일을 잘하는 사람을
찾아보자. 그에게 조언과 도움을 요청해보자.

나 자신을 인정하기

"그러니 내가 잘하는 것에 집중하고,
내가 잘하지 못하는 건 잘하는 사람에게 맡겨보자."

푹 쉬는 오늘

지난 열흘 동안 우리는 나를 돌아보고, 점검하고, 보살피는 시간을 가져보았다. 쓸모없는 오늘은 없다. 하루하루가 다 의미 있는 시간이고, 우리는 매일 배우고 성장하며 변화한다. 그러나 나 자신이 잘 준비되어야만 한다. 오늘은 푹 쉬는 날이다. 지금까지가 이미 되어진 나(과거)를 돌아보며 점검하는 시간이었다면 이제 내일부터는 되고 있는 나(현재)에 충실하는 하루를 보낼 것이다.

쉬는 법도 알아야 한다

나는 '쉴 때도 열심히 쉬어'라고 말한다. 쉬다고 하면서도 몸과 마음을 혹사하는 사람들이 많다는 걸 알기 때문이다. 내가 그랬기 때문에 내가 잘 안다. 몸이든 마음이든 일단 쉬

려면 편안한 상태가 되어야 하는데, 손에서 휴대폰을 놓지 못하거나 전화나 연락으로 정신을 산만하게 만든다. 쉬는 날 제대로 먹는 것보다 식사도 대충 먹기 마련이다. 쉰다는 핑계로 모든 걸 대충 때우는 건 쉬는 게 아니다.

쉴 때 더 잘 먹어야 한다. 평소보다 더 맛있고 건강한 것을 먹어야 한다. 몸이 피곤해서 쉬는 거라면 사우나를 가던지 마사지를 받으러 가보자. 잠이 부족하다면 휴대폰은 꺼두고 충분히 자야한다. 마음이 심란하다면 잠시 여행을 가도 좋고, 전문가의 도움이나 조언을 구하는 것도 좋다.

그냥 만사가 피곤하니 하루 대충 쉬자는 마인드로는 오히려 피곤함은 그대로이고, 잘 쉬지 못했다는 찝찝함만 더해질 뿐이다. 그러니 쉴 때 제대로 쉬어야 한다. 열심히 쉬어야 한다. 내가 왜 피곤하고 힘든지 제대로 알아내자. 그리고 원인에 맞는 처방을 찾자. 열심히 쉬어야 다음에 또 열정을 다하는 삶을 살아도 견딜 만 하다. 쉬는 것도 대충은 없다.

열심히 쉬기

나의 피곤함을 잘 파악하고
그에 맞게 쉬는 날을 만들어보자.
필요하면 여러 번에 나눠서 쉼의 일정을 짜고
실행해도 좋다. 어떻게 쉬는 게
내가 잘 쉬는 것인지 제대로 알 수 있게
여러 방법을 시도해보자.

1) 가장 잘 쉬었던 날은 언제인가?

....

....

....

열심히 쉬기

2) 지금 나의 피로는 몇 점일까? (1-10점)

....

3) 피로를 잘 푸는 휴식방법은?

....

....

4) 시도해 보고 싶은 휴식방법?

....

....

5) 나를 위한 휴일 계획을 세워보자

....

....

....

2부

오늘과
함께하는 법

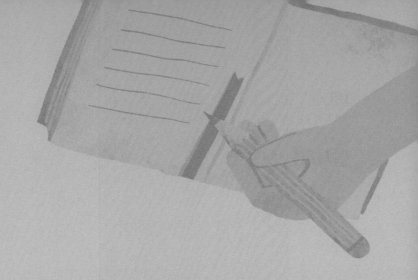

사람들이 생각하는 나를 생각하지 말자. 그들의 잣
대는 그들의 것이지 나의 것이 아니다. 나는 생각보
다 꽤 멋지고 잘난 사람이다. 우리는 수십 수백 수천
억의 경쟁률을 뚫고 이 자리에 있다. 우리는 이미 존
재 자체만으로도 참 괜찮은 사람이다. 우리는 언제
나 시련을 겪지만 아무렇지 않게 이겨내고 극복해낸
다. 이 자체로도 내가 얼마나 멋진 사람인지를 증명
하는 것이 아닌가?

필사하는 오늘

2019년 12월 29일 나는 MKYU 대학에 입학했고, 1달 만에 우등생이 되었다. 그리고 3개월 뒤 장학생이 되었고 또 다시 3개월 뒤 수석 장학생이 되었다. 2020년 4월, 내가 유방암 수술을 하고 힘든 항암치료를 견딜 수 있었던 것도 어찌 보면 김미경 선생님께서 강조하시던 '내가 나를 먹여 살려야 된다'는 말 때문이었을지도 모르겠다. 나는 정말로 나를 살리고 싶었고 그래서 아프지만 공부에 매진할 수 있었고 책을 읽을 수 있었다. 나의 아픔을 공부로 승화했을지 모른다. 그러면서도 놓지 않은 것은 딱 두 가지였다.

'필사와 독서'

잠시 쉬긴 했지만 지금껏 꾸준히 하고 있는 것은 필사와 독서이다. 독서는 앞에서 이야기를 했으니 필사에 대해 이야기를 해보도록 하겠다. 나는 필사라는 말 자체를 열정대학생이 되고 나서야 처음 알게 되었다. 당연히 왜 필사를 해야 하는지에 대해서도 알지 못했다.

'읽으면 그만인 것을, 왜 굳이 써가면서? 요즘 누가 손으로 글씨를 쓴단 말인가? 컴퓨터나 모바일로 타다닥 하면 금방인데⋯⋯.'

그런데 너도나도 한다고 하니 불쑥 해보고 싶은 마음이 들었다. 나 혼자선 분명 작심삼일도 아닌 작심만 하고 말테니 나와 함께할 필사원을 인스타로 모집했다. 그렇게 난생 처음으로 필사장이 되어 다른 사람들과 함께 필사를 시작했다.

필사하는 데 정해진 방식은 없다. 꼭 먼저 읽고 그 다음에 쓰는 것도 아니다. 개인차가 있겠지만 읽고 써도 되고 쓰면서 읽어지니까 본인이 편한 방식으로 하면 된다. 그렇게 1년이 지나고, 2년이 지났다. 나도 내가 이렇게 꾸준히 필사를 하게 될 줄은 몰랐다. 어느새 두부 같던 나의 멘탈과 마음이 조금씩 단단해지고 있었고 병치레 후 찾아온 우울증과 공황 장애도 남들보다는 쉽게 이겨내었다. 물론 지금도 공황장애에 관한 약은 먹지만 우울증은 아주 금방 극복을 할 수 있었다. 필사에 대해 어니스트 헤밍웨이는 이렇게 말했다.

'오늘도 일곱 자루 연필을 해치웠다. 필사를 하라. 지금 당장.'

필사는 정말 거창한 것도 아니고 어려운 것도 아니다. 필사 책 선정이 어렵다면, 네이버에 필사책이라고만 쳐도 책이 수두룩하게 나온다. 그중 내가 맘에 드는 것을 고르면 되고 필사를 하고 싶은데 혼자서 하기 어렵다면 언제든 열려있으니 나에게 연락하면 함께 필사를 할 수도 있다. 필사는 정말 내 정신건강을 위해서 너무도 중요한 일중 하나이다. 나는 평생 필사를 할 것이다.

필사하기

필사를 위해서 필요한 것은 필사할 책,
펜, 필사 노트뿐이다.
첫 문장부터 끝까지 빠뜨리지 않고 할 수도
있지만, 책을 읽어가며 내 마음에 드는
부분을 골라서 적어도 좋다.
필사가 처음이라면 후자의 방법으로
시작해보자.

2일

공부하는 오늘

    누구나 공부를 잘하면 이 세상은 더 좋아졌을까? 아닐 것이다. 공부는 선택이 되어야 마땅하다. 물론 공부를 취미로 할 수도 있다. 그렇지만. 공부를 취미로 하는 사람은 없을 것이다. 일단. 내 주변엔 없었으니까. 사람은 하루하루를 살면서 챗바퀴 돌듯 생각할 것이고, 지루할 것이고, 또 무기력해질 것이다. 그때 나의 처방은 취미였다. 내가 아끼는 동생 하나는 취미부자이다. 보석 십자수, 운동(수영, 복싱, 플라잉 요가 등등), 게임, 독서, 레고 조립···. 취미가 많다보니 취미박스가 따로 있고 작지도 않은 그 박스가 서너 개가 된다. 그것도 모자라다며 또 사는 아이다. 그 아이가 우울해 하는 것을 본 적이 없다. 취미로 늘 바빴으니 우울할 시간이 없던 것이다.

나는 원래 딱히 취미라고 할 만한 게 없었다. 하지만 곰곰히 생각해 보니, 이미 내 일상생활 속에서 취미처럼 즐거워하는 일이 몇 가지 떠올랐다. 내가 취미라고 하지 않았을 뿐이지, 이미 취미 생활을 하고 있었던 것이다. 그 중 대표적인 내 취미는 '짱구 피규어 수집'이다. 처음에는 그냥 귀엽고 좋아서 하나 둘씩 사 모으기 시작했는데, 시간이 지나고 이제는 거실 한 켠에 모아 놓을 만큼 되었다. 또 앞에서 이야기한 '필사'도 내 취미 중 하나다. 한적한 카페에서 클래식 음악을 들으면서 독서하는 시간도 취미다.

하루는 지루할 수 있다, 하루가 지겨울 수 있다. 그러나 하루는 또 온다. 내가 생을 마감하지 않는 한…. 끊임없이 계속되는 하루를 좀 재밌게 살아보면 어떨까 싶다. 취미부자까진 아니어도 취미서민(?) 정도라도? 오늘은 내가 좋아하는 취미를 찾아보자.

취미 만들기

취미는 '일'이 아니다.
성과를 낼 필요도 없고 억지로 할 필요도 없다.
그저 내가 자연스럽게 마음을 쏟고
기분전환을 하며 편안하고 즐겁게
시간을 보내는 '어떤 것'이다.

취미 만들기

1) 나는 어린 시절, 어떤 놀이를 좋아했는지
떠올려 보자.

2) 또 나와 가까운 사람들은 어떤 취미를
가지고 있는지 살펴보자. 그 중에 마음이
이끄는 것이 있다면 한 번 시도해보자.

3일

자존감이 건강해지는 오늘

자존감은 자기 존재에 대한 자신감이라는 뜻이다. 사람들은 종종 상처를 받는다. 실패를 하면 자존감이 위축된다. 그런데 자존감이 낮아질 때 반대로 높아지는 것이 있다. 바로 자존심이다. 자존감이 낮은 사람들은 더 이상 상처를 받지 않으려고 자존심을 높인다. 그러나 그것은 조금 잘못 되었다 생각한다. 내 스스로의 내 존재감은 낮은데 자존심만 높이면 그것 또한 나 스스로에게 상처 주는 꼴이 되기 때문이다.

자존감과 자존심의 시소게임

나는 자존감이 너무도 바닥이어서 더 이상 바닥일수 없을 정도까지 떨어진 적이 있다. 그에 비례해 높아진 것은 자존심이었다. 모두 나에게 자존심만 높다고 타박을 주었고 또는

뒤에서 수근거리기도 했다. 그러나 나는 어떻게 해야 자존감을 높이는지, 자존심은 어떻게 낮추어야 되는지 몰랐다. 자존감과 자존심은 한 글자 차이지만 둘은 판이하게 다르다.

우선 첫 번째로 해야 할 일은 '인정'이다. 나는 자존심만 높다는 사실을 인정하는 것이다. 두 번째로 자존감을 높이기 위해서 할 일은 '자기 이해'다. 나에 대해 정확히 알아야 한다. 내가 무엇을 좋아하는지 내가 무엇을 잘하는지 내가 무엇을 싫어하는지 내가 무엇을 두려워하는지 생각해보자.

세 번째는 '성취감 쌓기'이다. 일단 내가 싫어하는 것, 무서워하는 것, 두려워하는 것은 절대 생각하지도 말자. 그리고 내가 좋아하는 것, 내가 잘하는 것을 떠올리고 순서를 정해서 작은 것부터 실행해보자. 하나씩 성취감을 맛보게 되면서 서서히 자존감이 높아진다.

자존심을 낮추려고 일부러 애쓸 필요는 없다. 자존심은 굳이 낮추려고 하지 않아도 자존감이 높아지면서 자연스럽게 서로 조화를 이루기 때문이다.

살면서 자존심이 무너지는 것을 두려워 말고 자존감이 무너지는 것을 염려하자. 그리고 내 자존감은 내가 지키자. 어느 누구도 상위1%의 부자들조차 늘 행복한 삶을 누리는 것을 아니다. 그럼 생각해보라. 살짝 기쁘지 않은가?

'왜 나에게 이런 일이 생기는 것이지?'
'왜 나는 불행한 일에 계속 엮이는 것일까?'
'왜 나는 행복하지 못할까?'

나는 앞서도 언급한바 있지만 너무 불행한 나머지 세상 모든 불행을 다 껴안고 땅바닥 깊은곳에 자리를 틀고 앉아 고뇌와 번민 속에 살았다. 아마 계속 그렇게 살았더라면 나는 이 세상에 존재하지 않았을 수도 있다. 하지만 나는 기어코 기어 나왔다. 살기 위해서, 살고 싶어서 그리고 이제는 홀로 계시는 나의 부모님, 엄마를 위해서…. 아무것도 할 수 없을 것 같고 모든 불행이 산타 할아버지의 선물보따리도 아닌 불행 보따리를 한 가득 안겨주었지만, 또 기어 나와 손을 내미니, 그 손을 잡아주는 분들이 계셨다. 나중에 알고 보니 내 손을 잡아준 사람들은 실은 언제나 그 자리에 있었다. 그러나 내가 손을 내밀지 않으니 잡아줄 수 없었을 뿐이었다.

다시 사람들과 만나며 걱정과 불안, 욕심과 자책, 나를 괴롭히는 부정적인 것들을 비우기 시작했다. 제일 먼저 몸을 깨끗이 하고 머릿속도 같이 비우려 노력했다. 너무 가득 차

터질 것 같았던 머릿속도 이내 조금씩 비워졌다. 사실 과유불급이라는 말도 있지 않은가. 그렇게 하나씩 하나씩 비우고 또 비우니 마음이 한결 후련했다.

세계 최고의 부자라는 워렌 버핏이나 빌 게이츠도 행복하기만 하진 않을 것이다. 상위 1%의 부자들도 그렇다는데 그렇다면 나의 삶도 그리 나쁘지만은 않은 것 아닌가? 불행은 언제든지 올 수 있고 생각지 못한 무엇인가가 나의 행복을 막아설 수도 있다. 그러나 아직 정해진 것은 아무 것도 없다. 항상 의연하게 대처하자. 위기는 파도와 같다. 늘 찾아오지만 또 늘 지나간다.

쓸모없는
하루는 없다

자존감 세우기

① 인정하기

② 자기이해

③ 성취하기

자존감 세우기

4일

내면을 여행하는 오늘

사람들은 모두 자기 스스로에 대해 잘 알고 있다고 생각한다. 물론 틀린 말은 아니다. 자기를 잘 알 수 있는 건 자기 스스로밖에 없다. 하지만 나의 내면을 들여다보는 일은 결코 쉽지 않다. 두려워하는 사람들도 많다.

사람의 내면은 심해와 같아서 어떤 무섭고, 생각지 못했던 기억이 있을 수도 있다. 하지만 두려움에도 불구하고 나는 나의 내면을 한 번 깊숙이 들어다보고 싶었다. 정말로 내가 좋아하는 게 아무것도 없고, 잘하는 것도 아무것도 없다는 생각이 들어서, '나는 이 세상에서 정말 쓸모 없는 인간인가?' 싶었던 적이 있었기 때문이다.

"나는 정말 잘하는 게 뭘까?"

"나는 도대체 무엇이 하고 싶은 걸까?"

"나는 어떤 재능이 있을까?"

기억을 떠올리다보면 그 기억 속에서 내가 잘하는 것이 무엇이었는지, 내가 무엇을 할 때 즐거웠는지 보여주기 시작한다.

나는 대학 시절, 흥이 많은 아이였다. 음주는 아니지만 가무를 좋아했다. (음주는 가무를 즐기기 위한 수단이었다.) 나는 몸을 움직이는 것을 좋아하고 흥이 많은 사람인데 다만 그 흥을 내 몸이 소화해내지 못한다. 그래서 때로 술의 힘을 빌어 내 안의 흥을 표현하곤 했다. 더 거슬러 올라가보자.

나는 중고등학생 시절 시를 무척 좋아했다. 중고등학교 친구들은 깜짝 놀랄 지도 모르겠다. 하지만 나는 스무살이 되면 시집을 수십 권 낼 걸라고 생각하기도 했다. (하지만 그동안 몰래 몰래 써온 모든 시들이 너무 촌스럽기도 하거니와 기본도 안 되어 있다는 것이 느껴져서 다 찢어버렸다.) 내 꿈은 그렇게 산산조각난 줄 알았지만, 나는 나의 내면을 들여다 본 다음부터 다시 시작하고 있다.

마음속에 꽁꽁 숨겨놓고 있다가 나 스스로도 잊어버린 것들도 많다. 내가 원래 그랬었나 싶은 내 어린 시절 꿈, 즐거웠던 추억, 남몰래 간직했던 시간들을 다시 꺼내본다.

내 안에 답이 있다

사람은 참 신기하다. 시간이 흐르면서 계속해서 경험과 노력을 쌓아가기 때문이다. 그런데 그 보관장소가 바로 나의 내면이다. 그러니 나의 내면과 만나는 것을 겁내지 말고, 조금씩 그러나 꾸준히 들어다 보자. 그 안에는 부끄러운 과거도 있을 수 있다. 내가 잊고 있었던 내 모습도 들어있다. 하나도 부끄러워할 필요가 없다. 그 과거들이 쌓여서 현재의 내가 있는 것이니까 말이다. 부끄러운 행동은 다시 안하면 그뿐이다.

다른 사람에게 물어보는 것도 좋지만 오늘은 나 자신에게 물어보자. 마치 바닷속에 가라앉은 보물선을 만나는 것처럼 내가 몰랐던 나의 모습을 발견하게 될 것이다.

나의 내면을 들여다보기

옛날에 썼던 일기, 어린 시절의 사진,
친구들과 주고받은 편지 같은 것들을
한 번 꺼내보자. 그것들은 나의 내면으로
들어가게 해주는 일종의 티켓이다.

1) 어린 시절 당신이 가장 잘하는 말과
   행동은 무엇이었을까?

....

....

....

나의 내면을 들여다보기

2) 중고등학생 때 당신이 가장
하고 싶었던 것은 무엇이었을까?

....

....

....

3) 남들에게 말하지 않았지만
당신이 가장 좋아하던 것을 무엇이었을까?

....

....

....

나의 내면을 들여다보기

4) 다시 과거로 돌아갈 수 있다면
   언제로 돌아가보고 싶은가?

....

....

....

5) 당신은 어떤 사람이었는가?
   그리고 지금 어떤 사람이 되고 싶은가?

....

....

....

5일

자격증을 준비하는 오늘

내가 가지고 있는 유일무이한 자격증은 '운전면허증' 하나 뿐이다. 그리고 지금까지 후회하는 것이 다른 자격증 하나 없다는 것이다. (그래도 운전면허증 하나는 있다는 것이 다행이다)

나는 상업계 고등학교를 나왔다. 내가 중고등학교를 다니던 90년대 친구들은 대부분 컴퓨터 자격증과 미용 자격증 같은 것을 따놓았다. 나는 대학을 가기 위해 입시준비를 했고 그 때문에 어떠한 자격증도 없다. 그래서 늦었다는 생각은 버리고 지금이라도 도전해보려고 한다.

자격증을 준비하는 과정이 더 중요한 이유

관심이 있는 분야가 있다면 그 분야에 자격증이 있다면 도

전해 보자. 아니면 운전이라도 할 수 있도록 운전면허증이라
도 꼭 따놓자. 실은 내가 운전면허학원을 다닐 때 우리 엄마
만 모르게 하였다. 엄마께서 늘 하시는 말씀 때문이었다.

"미야, 니는 운전하지마레이. 니는 운동 신경이 없어서 니
가 운전하면 니도 다치고 니 땜에 다른 사람도 다치게 된데
이."

그런데 어떤 모임을 가도 면허증이 없는 친구는 나뿐이었
다. 하물며 면허증이 있으니 친구들은 차를 끌고 모임에 오
는데 나는 버스와 지하철을 환승해가며 다니는 것에 슬슬 지
치기 시작했다. 그즈음 엄마 몰래 학원을 다녔다. 2번의 낙방
끝에 면허를 따게 되었고 엄마에게 소식을 알렸다.

"아이고, 결국 면허증을 땄네… 땄으니 어쩔 수 없지. 될 수
있는 대로 운전은 하지마레이."

나는 면허증이 나온 바로 다음 날부터 운전을 시작했다 운
전한지 이제 9년차.. 내년이면 나도 면허증 갱신시기가 다
가온다. 이제는 운전도 제법 한다. 엄마가 염려하던 사고는

다행히 상대의 불찰로 인한 접촉 사고 외에 내가 낸 사고는 없다.

돌이켜보면 면허증을 따고 운전을 할 수 있게 되어서 참 편리해졌다. 그렇지만, 나는 면허증을 따기까지의 그 과정이 결과만큼 참 유익했다고 생각한다. 무엇인가 목표를 정하고 성취하기 위해서 매일 연습하고 노력하던 시간 말이다. 물론 귀찮은 적도 있고, 한 번에 잘 되지도 않았지만 오히려 그 과정을 통해 의욕이 샘솟고 의지가 생겨났다. 자격증도 중요하지만 자격증을 따기 위한 과정을 소중하게 간직하길 바란다.

자격증 따기

세상에는 정말로 다양한 자격증이 수도 없이 많다.
평소에 따고 싶었는데 생각만 하고 따지 못했던
자격증이 있다면, 왜 실천하지 못했는지 살펴보고
실천 계획을 세워보자. 만약 어떤 자격증을
따야 할지 잘 모르겠다면 한국산업인력공단에서
운영하는 Q-NET 홈페이지에 가보자.
국가공인 자격증을 종류대로 다 모아서 설명해준다.
(https://www.q-net.or.kr/crf005.do?id=crf00502)

자격증 따기

1) 따고 싶었던 자격증 혹은 따고 싶은 자격증

....

....

2) 왜 실천하지 못했는가? 자격증을 따기 위한
실천 계획을 세워보자

....

....

....

....

....

"물론 귀찮은 적도 있고, 한 번에 잘 되지도 않았지만
오히려 그 과정을 통해 의욕이 샘솟고 의지가 생겨났다."

6일

독서하는 오늘

요즘 독서라고 하면 좀 뭔가 고매하고 대단한 취미일 것 같지만 그건 아니다. 자기계발서, 소설, 에세이, 교양 등 책의 종류는 다양하지만 독서가 어렵다면 만화부터 시작해보는 것도 좋다. 만화에서 시작해 연애 혹은 추리소설, 에세이나 좋은 동기부여를 주는 자기계발서, 자기가 평소 관심 있었던 분야의 교양서, 그리고 좀 더 전문적인 책까지 차근차근 읽어나가자.

책 읽기의 소중함

원래 나 역시 소설 외에는 별로 책을 보지 않던 사람이었다. 그나마 소설도 일 년에 한 권을 다 읽을까 말까할 정도였다. 그러다 MKYU열정대학생이 되었고 그때부터 본격으로 책을 읽기 시작했다. 그러나 원래 책 읽는 것에 취미가 없던 내가 갑자기 책을 읽자니 몸이 뒤틀리고 책의 내용이 이해가 안 되서 읽었던 부분을 읽고 또 읽어가도 진도는 더디게 나갈 뿐이었다. 당연히 책 읽기가 싫어졌다. 그렇게 또 책에서 손을 놓게 되었는데, 이러면 다시 공부하겠다는 결심을 이루기가 어려울 것 같았다. 나는 나름대로 독서 규칙을 정했다.

"하루에 무조건 50페이지는 읽자."

이해가 되든 안 되든 그냥 하루에 50페이지씩 읽자고 결심했고, 불과 일주일 만에 책 한 권을 다 읽게 되었다. 다 읽은 다음에는 감상평도 적었다. 매일 50쪽씩 책을 읽기 시작한지 2개월 만에 나는 실로 놀라운 경험을 하게 되었다. 단 몇 시간 만에 책 한 권을 다 읽게 된 것이다. 그렇게 1일 1독을 하게 되었다.

물론 쉬운 책이었고, 두껍지 않은 책이라서 가능했던 것 같다. 하지만 그 일을 계기로 책에 대한 두려움도 사라졌다. 재미없다고만 생각하던 독서에 대한 마음가짐도 달라졌다. 책은 우리에게 꼭 필요한 것이고 사람은 평생 죽을 때까지 읽고 또 읽으며 배워야한다는 걸 깨달았다. (덕분에 지금 이렇게 책도 쓰고 있으니 말이다.) 연구에 따르면 책을 읽을 때 활성화되는 뇌 영역이 디지털 기기를 활용할 때보다 더 넓다고 한다. 오늘은 어떤 책이라도 좋으니 매일 독서를 시작해보자.

독서하기

책읽기를 쉽게 시작하는 방법은
바로 가까운 도서관에 가는 것이다.
아직 도서관 회원이 아니라면 먼저
도서관 회원가입을 해보자.
유용한 혜택이 많다. 집이나 직장에서
가장 가까운 도서관에 가 사서 선생님께
책 추천을 받는 것이 큰 도움이 된다.
용기를 내서 도서관에 가보자.

맛있는 오늘

내가 제일 이해가 되지 않았던 말이 '먹는 것이 곧 나'라는 말이었다. 이 말은 무슨 뜻일까? 지금까지 살아오면서 내가 먹어왔던 것들이 곧 나 자신이라는 말을 깨닫게 된 것은 고작 2년 정도 밖에 되지 않는다.

먹는 것을 보면 내가 보인다

누구나 살기 위해서 먹는다. 그게 첫 번째다. 하지만 거기서 멈춰서는 곤란하다. 잘 살기 위해서는 잘 먹어야 하기 때문이다. 하지만 사람들이 살면서 힘든 시기를 겪게 되면 다시 잘 먹는 것보다 어쩔 수 없이 먹어야 하니까 먹게 된다. 그렇게 먹는 것과 사는 것이 서로 영향을 주고 받는다. 나 역시 그 사실을 뼈저리게 실감했다.

자존감이 무너지고 폭식을 하며 몸 속 지방덩어리들이 점점 커져가고 있었다. 나는 상실감에 더 많이 먹고 어떨 땐 정말 목구멍까지 차오를 정도로 먹고 또 먹었다. 그것이 힘든 시기를 보내는 나만의 스트레스 해소법이었다. 그런데 우울증에 공황장애라는 병까지 얻게 되면서 이대로는 안 되겠다 싶었다. 그래서 다이어트를 결심했지만, 맛있는 음식 앞에 다이어트는 '내일부터'를 외쳤고, 또 나의 지방덩어리들은 점점 더 커져가면서 허리도 아파오고 다리도 저리고 일명 온몸이 종합병원인 상태가 되어버렸다. 살기 위해서, 더 아프지 않기 위해서라도 다이어트를 해야 했다. 무식하게 무조건 안 먹으면서 뺐다. 그리고 커피와 물만 먹으며 다이어트 보조제로 살을 뺐다. 그런데 오랜만에 우연히 길에서 만난 아는 동생이 나를 보더니 '왜 이렇게 늙었냐'며 요즘 무슨 일이 있냐고 물었다. 다이어트가 어느 정도 성과를 내서 기분이 좋았었는데, 순간 마음이 상해버렸다. 요즘에 일도 많고 마음고생을 많이 했다고 둘러댔지만, 기분이 나쁜 건 어쩔 수 없었다. 집에 와서 생각을 했다.

'안 먹고 운동 안 하고 보조제에 의존해 살을 빼면 뭐하나? 늙었냐는 소리를 듣는데.'

그때부터 다시 건강한 다이어트를 시작했다. 하루 한 끼는 제대로된 식사를 하고 나머지는 과일, 닭가슴살, 야채 위주 식단을 해왔고 운동을 병행하며 매일 10분이라도 운동 하기 위해 헬스장을 갔다. 그리고 다시 만난 동생이 왜 이렇게 예뻐졌냐며 혹시 성형이라도 했냐고 질투섞인 말투로 장난을 쳤다. 그때 깨달았다.

'아, 먹는 게 곧 나라는 말이 이런 거구나.'

무조건 맛있는 것만 많이 먹는다고 되는 게 아니라, 건강에 좋고 맛도 있는 것을 내 몸에 맞게 먹으면 굳이 다이어트를 하지 않아도 살이 빠지고 건강해진다는 것을 그리고 혈색도 좋아지니 피부도 좋아진다는 것을 알게 되었다.

가끔씩은 맛집 여행을

앞에서 '먹는 것이 곧 나다'라고 말했다. 그렇지만 여기에 너무 얽매여서 무조건 몸에 좋은, 균형 있는 음식만 골라서 집에서 해먹으라는 뜻은 아니다. 나도 가끔 방송에 나오거나 혹은 소문난 맛집을 다니기도 한다. 맛있게 먹고 나왔을 때의 그 특유의 뿌듯함은 먹는 것을 좋아하는 나의 또 다른 행복이다. 그래서 일부러 틈을 내어 맛집을 찾아다닌다. 짧게나마 여행도 하게 되고 콧바람도 쐬어주는 것이다. 중요한 건 어디까지나 '나'를 위한 식생활을 하자는 것이다. 다른 사람에게 보여주기 위해서 하는 다이어트도, 매 끼니마다 전쟁하듯 건강식만 추구하는 것도 본질에서 조금 어긋난 것이다. 한 끼를 먹더라도 나를 위해 먹자. 맛있게 먹자.

맛있게 먹기

나를 위한 건강한 한 끼는 무엇일까?
평소 나의 식습관을 적어보자. 주로 어떤 음식을
많이 먹는가? 그 음식의 장점과 단점을 적어보자.
그리고 나를 위한 음식을 찾아보자.
나의 건강상태, 기분, 동행자(혼밥, 같이 먹는 밥)
등을 고려해 나를 위한 한 끼를 실행해보자.
중요한 것은 무엇을 먹든 마음 놓고 맛있게
먹을 수 있어야 한다는 점이다.

맛있게 먹기

1) 평소 나의 식습관을 적어보자.

2) 주로 먹는 음식의 장점과 단점을 적어보자.

3) 나를 위한 음식을 적어보자.

8일

사랑을 고백하는 오늘

가장 최근에 부모님께 사랑한다는 말을 해본 적이 언제일까? 난 아빠가 돌아가신 직후 귀에 대고 사랑한다고 말씀드렸다. 살아계실 때 말하지 못한 것을 너무도 후회했다. 그래서 엄마에겐 자주 하려고 노력한다.

사랑한다는 말

무엇이든 처음이 어렵지 하다보면 어렵지 않다. 나도 엄마한테 공저로 집필한 〈다시, 스무살입니다〉 책이 나왔을 때 책과 함께 쪽지를 보내드렸다.

그동안 키워주고 가르쳐주셔서 너무도 감사합니다. 나보다 더 어린 나이에 나를 낳아서 키우고 말 안 듣는 딸래미 얼마나 미우셨을지….얼마나 맘고생 많이 하셨을지… 지금 생각하니 너무 죄송해요. 앞으로 더욱 잘 하는 딸이 될게요. 사랑합니다.

엄마한테 카톡으로 답이 왔다.

'고맙다. 사랑한다. 우리딸.'

이 세 마디 말에 나는 그 자리에 주저앉아 정말 엉엉 울었다. 이제사 말한게 미안해서 그리고 더 늦지 않게 말할수 있어서. 이제는 자주 말한다.

"엄마 사랑해."
"엄마 고마워."
"엄마 아프지마."

오늘은 부모님께, 배우자에게, 자녀들에게, 내 소중한 사람들에게 사랑한다고 말해보는 건 어떨까?

사랑한다고 말하기

소중한 가족들에게 내 마음을 표현하려고 하면
대부분 어떤 말부터 해야 할지, 또 막상
말로 표현하려고 하면 막막한 경우가 많다.
간단한 편지부터 시작해보면 어떨까?

사랑한다고 말하기

가족과 여행하는 오늘

나는 아직 부모님과 함께 여행을 해본 적이 없다. 내가 제일 아쉬운 부분이 아빠께서 20대에 돌아가셔서 아빠와의 여행에 관한 추억이 많지 않은 것이다. 그래서 더더욱 혼자 계신 엄마와 여행을 많이 하기 위해 저축도 하고 가자고 졸라도 보지만, 좀처럼 가신다고 하지 않으신다. 어떤 이유인지 알기 때문에 내 맘이 더 아프다. 첫째, 사위의 돈으로 여행을 가자니 사돈의 눈치가 보이시는 것이고 둘째. 여행 갈 돈을 아끼면 그만큼 지출이 줄어들기 때문이다.

나는 시부모님과도 사이가 좋다 그래서 어머님과 아버님과의 여행도 계획하고 있었다. 그러나 코로나가 터졌다. 코로나 전 시부모님과의 여행은 무산이 되었다. 코로나가 좀

잠잠해진 후 엄마와 단둘이 가는 제주도 여행을 계획했으나 결단코 가지 않으시겠다는 확고함을 비치시는 바람에 또 무산이 되었다.

2023년 올해 꼭 엄마와 단둘의 추억 쌓기
시어머님과 단둘의 추억 쌓기
시부모님과 남편과의 추억 쌓기

이 3가지를 버킷리스트에 추가했다. 나중으로 미루게 되면 기회는 사라진다. 계획은 철저히, 실행은 빨리 하길 바란다. 이건 나 자신에게도 하는 말이다.

여행의 이유

여행만큼 에너지를 충전하기 좋은 수단은 없다. 집주변을 둘러본다고 해도 여행이라 생각하고, 여행자의 시선으로 바라보면 늘 다니던 골목길도 새로울 수 있다. 여행은 그런 것이다. 물론 내가 가보지 못했던 먼 곳을 가볼 수 있다면 더할 나위 없이 좋지만. 그럴 여건이 되지 않는다면 가벼운 외출도 여행이라고 생각하고 새로운 시선으로 에너지를 충전해보자. 그리고 여유가 될 때 꼭 진짜 여행을 떠나보자.

여행은 과정부터가 즐거운 것이다. 여행을 준비하는 순간부터 여행이 시작되고 즐거움을 경험한다. 곧 꺼질 것 같이 바닥난 에너지도 한순간에 급속 충전을 한 듯 100% 충전이 된다. 그게 여행이 가진 힘이다.

이.생.만

요즘 MZ세대들은 '이생망'이란 말을 많이 쓴다. '이번 생은 망했어'를 줄인 것이다. 그러나 한글자만 바꿔보자. '이생만'. '이번 생에 내 복은 만 개다.' 이걸 에너지원으로 써보자.

'이생망'과 '이생만' 받침 하나만 바꾸었을 뿐인데 느낌부터 다르지 않은가? 사람들은 입으로 복을 다 빼낸다고 어릴 때 들은 기억이 난다. (그래서 말을 조심하려 하는 편이다. 물론 친한 사람들 앞에서는 그렇지 못하지만….) 자꾸 이생망이라고 말한다면 정말 이번 생은 망한 느낌이 들 것이고 그 느낌은 진짜로 다가 올 것이다. 받침 하나만 바꿔서 '이생만'으로 생각하고 입에 달고 살았으면 좋겠다.

'이번 생에 내 복은 만 개다.'

내 생각에 그 중 하나가 가족이고, 그 중 하나가 여행인 것 같다. 복에 복이 더해지는 가족여행을 떠나보자.

가족여행 떠나기

나는 올해 시부모님과 함께 울릉도 여행을,
어머니와 함께 제주도로 여행을 떠날 생각이다.
사랑하는 사람과 함께 짧지만
특별한 시간을 만들어보자.

가족여행 떠나기

. . . .

. . . .

. . . .

. . . .

. . . .

. . . .

. . . .

. . . .

내 삶의 기준을 세우는 오늘

사람들이 생각하는 나를 생각하지 말자. 그들의 잣대는 그들의 것이지 나의 것이 아니다. 나는 생각보다 꽤 멋지고 잘난 사람이다. 우리는 수십 수백 수천억의 경쟁률을 뚫고 이자리에 있다. 우리는 이미 존재 자체만으로도 참 괜찮은 사람이다. 우리는 언제나 시련을 겪지만 아무렇지 않게 이겨내고 극복해낸다. 이 자체로도 내가 얼마나 멋진 사람인지를 증명하는 것이 아닌가?

뒷담화 대신 앞담화

한때 나는 일명 '뒷담화'를 좋아라 했다. 친구들과 모이면 없는 친구들 뒷담화를 했고, 친구들이 모이는데 내가 없으면 내 뒷담화가 시작될 것이라는 불안함을 견딜수 없어 굳이 약속장소에 나타나곤 했다. 그건 정말 불필요한 에너지를 잔뜩 버리는 것과 같다. 남을 욕하면 결국 그 욕은 다 나에게 돌아온다. 아니 더 커져서 돌아온다. 내가 하나의 욕을 하면 열개의 욕이 다시 내게 돌아온다. 부메랑이 몸집을 키워서 날아오듯 내 가슴에 꽂힌다.

뒷담화 대신 앞담화를 해야 한다. 욕이 아니라 칭찬을 하는 것이다. 자리에 있는 사람도, 자리에 없는 사람도 칭찬을 해주면 그 역시 부메랑이 돌아오듯 나에게 돌아온다. 당장 바뀌지 않더라도 칭찬을 쌓기 시작하면 그 칭찬이 소문이 되어 나의 칭찬으로 돌아온다.

살다보면 제일 많이 하는 말이 남의 이야기일 것이다. 그런데 그 중에서도 꼭 남의 험담, 남의 실수 이야기를 하는 것이 더 재미(?)있다고 착각한다. 물론 나도 그래왔고 그래서 고치려고 노력한다.

어떤 분께서 이런 말씀을 하셨다.

'남의 잣대로 내 인생을 허비하지 마세요. 나는 내 인생을 살아가야 합니다. 남이 나를 좌지우지 흔들어도 절대 흔들리지 마세요.'

나는 여지껏 남들의 잣대로 나를 바라보며 눈치를 보고 살았다. 지금 생각해보면 어쩜 그렇게 어리석게 살았을까? 싶지만, 소심하고 낯가림 심한 나는 그것이 당연하다고 생각하며 살아왔다. 하지만 남는 것은 허무함과 허탈감뿐이다. 나는 이것을 절대로 다시는, 누구라도 겪게 하고 싶지 않다. 남들의 잣대는 그들의 것이다. 내 것이 아니다. 나는 나의 생각대로 살면 된다.

내 인생의 주인공은 바로 나

평범하지만 단순한 진리다. 내 인생은 내 것이다. 내가 나를 책임져야 하기에 누군가의 잣대로 내 인생을 살아갈 수는 없다. 내가 내 인생을 살아가는 것이다.

어떤 노랫말처럼 '내 인생은 나의 것'이다. 남이 내 인생의 기준이 되게 내버려두지 말자. 아무도 내 인생을 대신 살아주지 않는다.

내 삶의 사명선언문 작성하기

사명선언문은 어떻게 살아가야
할 것인지를 말해주는 윤리이자 원칙으로
자신이 추구하는 가장 가치 있는 것이
무엇인지를 정의내리는 것이다.
<성공하는 사람들의 7가지 습관>에서
스티븐 코비가 처음 소개한 것으로
내 삶의 헌법과 같은 역할을 한다.

내 삶의 사명선언문 작성하기

"평범하지만 단순한 진리다. 내 인생은 내 것이다."

3부

새로운 오늘을
사는 법

어릴 때만 꿈을 꾸고, 어른이 되면 꿈이 없어지는 건 이상한 일이다. 사람은 살아있는 한 계속해서 꿈을 꾸어야 한다. 꿈이 없는 삶은 희망이 없는 삶이다. 희망이 없는 사람에게는 기대도, 설렘도 없다. 하루하루가 지겨워지고, 의미 없어진다. 하지만 다시 꿈을 꾸는 순간, 마음 속에서 꿈틀거리는 나 자신을 발견한다. 내가 아니면 실현시켜줄 사람은 없다. 내 꿈은 내가 보듬어서 이루어주어야 한다.

1일

내 삶의 주인공으로 우뚝 서는 오늘

무엇이든 혼자 하는 것을 꺼리는 사람이 있다. 나홀로족도 있다지만 혼자가 힘든 사람도 있다. 나도 그 중 한 명이었다. 카페는 물론 식당, 영화 심지어 쇼핑도 혼자서는 절대 못하는 쫄보(?)였다. 그랬던 내가 처음으로 혼자 영화를 봤던 날이 생각난다.

나 홀로의 즐거움

친구들은 모두 취업에 성공했고, 나는 아직 공무원 시험을 준비 중이었다. 공부가 곧 일인 수험생이었지만 가끔 스트레스도 풀고 싶고, 영화도 보고 싶었다. 하지만 혼자 외식을 하러가거나 영화관에 가기는 싫어서 친구들이 퇴근할 때까지 기다려야 했다. 그런데 직장인인 친구들 역시 바쁘고 퇴근 후에는 피곤하기도 하니 약속 한 번 정하는 게 수월하지 않았다. 그런데 정말 보고 싶던 영화가 개봉했다. 〈장화 신은 고양이〉가, 그것도 3D로 말이다.

수험생 신분이라 영화 보는 돈도 부담스러워서 조조할인으로 난생 처음 혼자서 보러가야겠다고 마음먹었다. 지금처럼 키오스크가 있었다면 좋았을 텐데 그때는 창구에서 티케팅을 해야 해서 괜히 더 불편하게 느껴졌다. (별로 신경쓰는 사람도 없었을텐데) 괜히 혼자 영화본다고 하면 사람들이 이상하게(?) 볼까봐 하는 염려 때문이었다.

"〈장화 신은 고양이〉 한 장 주세요."

"네? 한 장이요?"

"네… 한 장…이요"

내가 무엇을 잘못한 것도 아니고 내 돈 주고 내가 영화를 보겠다는데, 혼자 영화본다고 누가 뭐라고 할 사람도 없었는데 나 자신이 괜히 스스로를 이상하게 생각하고 부끄러워했던 것 같다. 하지만 그뿐이었다. '무엇이든 처음이 어렵다'는 말처럼 어려운 것 티케팅까지만이었다. 영화는 기대보다 더 재미있었고, 나는 '다음에도 조조할인으로 혼자 영화 보러

와야지' 하는 마음에 뿌듯하고 즐거웠다.

하지만 혼자 영화는 볼 수 있어도 여전히 어려운 것 혼자 밖에서 밥먹는 것이었다. 나 혼자 식당에서 밥을 먹으니 차라리 밥은 굶고 카페에서 커피로 배채우는 게 더 낫겠다고 하고 다녔다. (그러나 나의 먹성은 남들과 달리 아주 좋았고, 밥 대신 커피는 간에 기별도 가지 않았다.)

어느 날 밖에 있는데 커피로는 도저히 허기가 져서 김밥집에 들어가 김밥 한 줄을 시켜놓고 초스피드로 먹고 나왔다. 김밥은 제일 빠르게 나오는 메뉴고 금방 먹고 나올 수 있었으니까. 역시 처음이 힘들었던 것일까. 그 뒤로 순대국밥까지도 혼자 먹는다. (물론 혼밥의 고수들만 할 수 있다는 고깃집에서 혼자 고기 구워먹기는 아직 무리다.)

결국 인생은 오롯이 나 혼자의 것

혼자서 무엇을 하는 게 천성에 별로 맞지는 않지만, 혼자서 카페에 앉아 원고도 쓰고, 혼자 영화도 보고, 혼자 공원에 가거나, 혼자 나를 위한 선물을 고르러 간다. 혼자 있을 때의 즐거움과 함께 있을 때의 즐거움 둘 다 소중하다고 생각한다. 그런데 요즘은 혼자 있을 때의 즐거움이 먼저가 아닐까 생각한다. 내가 나를 만나는 시간이 얼마나 소중한지 깨닫는 중이기 때문이다.

'나는 나의 가장 좋은 친구입니다.'라는 말에 한동안 멍하니 있었던 기억이 난다. 어쩌면 나를 외롭게 했던 건 나 자신이 아니었을까? 결국 가장 힘든 순간에 내 곁에 있어줄 수 있는 사람은 타인이 아닌 나 자신이 아닐까?

오늘은 오롯이 내가 내 삶의 주인공으로 우뚝 서는 날이다. 다른 사람이 내 인생을 대신 살아줄 수는 없다. '내 인생'이라는 작품의 주인공은 다른 사람이 아니라 바로 나다.

나 자신과 친해지기

나 혼자만의 하루를 보내보자.
즉흥적으로 하지 말고, 날짜와 시간을 정해서
마치 중요한 약속을 잡는 것처럼 하루를 준비하자.
내가 나를 만나는 데 집중하는 하루다.

나 자신과 친해지기

2일

나만의 공간을 만드는 오늘

말 그대로다. 나만의 공간을 만들자. 공간이 클 필요도 없다. 방 한 구석에 작은 상 하나를 놓아도 좋으니 어디든 '나만을 위한 공간'이라고 부르고, 나만의 공간을 애용하자. 책상이 있다면 더 좋겠지만, 군이 책상을 새로 마련할 필요는 없다. 방 한 구석 혹은 거실, 식탁 어느 한 편을 나의 공간으로 만들고 거기서 필사도 하고, 독서도 하고, 일기도 쓰고, 가계부도 적고 멍하니 생각하는 시간을 만들어 보자.

공간이 주는 힘

나는 처음에 식탁 한 켠을 내 공간으로 만들어 책도 놓고 필사공책부터 필기구까지 갖다놓고 사용했다. 그런데 손님이라도 오면 그 모든 물건을 다른 데로 옮겼다가 다시 갖다

놓는 번거로움이 있었다. 그래서 예전에 사용하던 2인 식탁을 거실 구석에 넣고 나름 책상처럼 책과 함께 내 물건들을 정리해놓았다. 누가 와도 번거롭게 치울 필요도 없었고, 나 또한 집안에서 마음의 안식처가 생긴 것 같아서 너무 좋았다.

예전에는 굳이 내 공간에 대한 마음이 없었다. 전업주부는 집 전체가 다 내 공간이라고 생각했고, 가족과 함께하는 공동의 공간이 있으니 괜찮다고 생각했다. 하지만 점점 더 나를 알아가고, 내 삶을 만들어가기 시작하자 나만의 공간을 만들고 싶다는 생각이 들었다.

남편에게 조심스레 물었다. 나, 새벽에 일어나서 책도 읽고, 열심히 공부하는데 책상 하나 저렴한 거 사면 안 되냐고. 예전 같으면 쓸 데 없는 데(?) 돈 쓴다며 뭐라고 할 텐데 자기가 보기에도 2인 식탁에서 공부하는 게 보기 그랬는지 의외로 흔쾌히 그러라고 했다. 허락이 떨어짐과 동시에 내 마음에 드는, 저렴한 책상을 1박 2일 동안 검색해 지금 쓰는 책상을 구입하게 되었다. 이제는 책이 많아져서 책꽂이에도 책이 차고 넘치지만 그 또한 나의 기쁨이다. 나는 내 책상을 제일 좋아한다. 나만의 공간을 나타내는 든든함이 들기 때문이다. 책상이 생긴 이후로 더욱 힘을 얻어서 공간에 더 큰 애착이 생기고, 그 마음은 다시 나를 위한 시간으로 힘이 되어 되

쓸모없는
하루는 없다

돌아오는 것 같다.

세상이라는 무대에 나가기 전 혼자서 준비하고 때로 쉴 수
도 있는 나만의 공간을 가져보면 어떨까?

나만의 공간 만들기

어디든지 좋다. 나 혼자 쓸 수 있는 공간을
정해보자. 물리적으로 구분되면 좋고,
그렇지 않아도 상관없다. 탁자 하나, 의자
하나라도 좋으니 나만의 공간을 정하자. 그리고
이름을 붙여보자. 거기서만큼은 나 자신에게
솔직하고, 나에게 충실한 시간을 보내자.

도전하는 오늘

앞서도 말했지만 나는 김미경 선생님께서 만드신 MKYU 수석 장학생이다. 내가 이 말을 먼저 하는 이유는 김미경 선생님께서 말씀하신 것때문이다. 누구나 '실패는 성공의 어머니'라는 말을 들어본 적이 있을 것이다. 그러나 '실패창고'라는 말은 들어 본적이 없을 것이다. 그건 김미경 선생님께서 만드신 말이기 때문이다. 실패하지 않고 성공만 하는 사람은 없다. 실패를 했다는 것 자체가 결국 그만큼의 배움을 거쳤다는 것이다. 실패를 하면 할수록 '실패창고'에는 수많은 실패들이 쌓여 있을 것이다. 그런데 그 실패가 창고에서 다시 나올 때 그 실패는 더 이상 실패가 아니라 성공이 된다.

도전하고 또 도전하기

나는 책을 집필하기 위해 지금까지 수도 없이 도전했다 그러나 번번이 실패했다. 이유는 단 한 가지다. 쓸거리가 없다는 것이었다. 책은 쓰고 싶은데 쓸 게 없으니 계속 도전하고 중단 하고, 쓰다가 포기하고 그렇게 실패창고에 쓰다만 책이 네 권이나 되었다. 그런데 MKYU에서 김미경 선생님과 '책 쓰기 도전'이라는 챌린지를 하게 되었고 나는 한 달 동안 매일 주어진 분량을 쓰기 시작했다. 2022년 1월 5일, 나는 〈오늘부터 다시 스무 살입니다〉의 공동 저자가 되었다. 처음 맛보는 큰 행복이었고 흔히 말하는 가문의 영광이었다. 오매불망 그토록 뵙고 싶었던 김미경 선생님과 직접 만나서 인사도 나누게 되었다. 공저자 중에서 세 사람이 대표로 제작발표회에서 발표자로 나서야 나는 그중 한명이었다. 낯가림 최강자인 내가, 학교 다닐 때도 발표 한 번 못하던 내가 그 큰 자리에 선발되었으니 출간의 기쁨도 잠시, 발표를 해야 된다는 긴장감에 도저히 즐길 수가 없었다. 얼마나 긴장을 했던지, 내가 무슨 말을 했는지 생각도 나지 않고, 발표하는 내내 얼마나 많이 떨었던지 손에 땀이 줄줄 흐를 정도였다. 세 명중 내가 최악이었다. 그래도 나는 정식으로 작가의 대열에 합류할 수 있었고, 남편도 어디 가면 은근히 내가 작가라고, 공동 작가지만 유명한 사람과 책을 냈다면서 으스대곤 했다. 그리고 단독으로 첫 책을 집필하고 있는 지금도 올해 종이책으로 나오는 것이 목표라고 했더니 '어디 할 수 있겠어?' 하는 표정과 '정말 할 수 있을 거야' 하는 표정이 뒤섞여서 응원해주었다.

성공이든 실패든 도전이 중요하다

지금 생각하면 처음 써서 바로 책을 출간하는데 실패를 하지 않았다면 이상한 일이다. 책 한 권을 쓴다는 게 얼마나 어렵고 중요한 일인지 나는 실패를 통해 알게 되었다. 그리고 네 권의 실패창고를 쌓지 않았다면 김미경 선생님과 함께 책을 쓰는 것도 할 수 없었을 것이다.

성공이든 실패든 결과는 그 다음이다. 일단 도전해야 한다. 실패를 거듭할 수도 있다. 하지만 그 실패는 '실패창고'에 쌓여 성공으로 나올 날을 기다리고 있을 것이다. 창고가 가득 차면 멋진 성공으로 변화할 것이다.

실패창고

1부 1일차에서 적었던 실패 리스트를 다시
꺼내보자. 그리고 제목을 '실패창고'로 바꿔보자.
그것은 부끄러운 목록이 아니라,
내가 도전했다는 사실을 증명하는 증거들이다.
그 실패들을 시간 순서대로 나열해보고,
이제 다시 무엇을 도전할지 적어보자.
그리고 다시 도전해보자.

실패창고

1) 실패한 일들 시간 순서대로 나열해보기

실패창고

2) 다시 도전할 일들 목록 작성하기

....

....

....

....

....

....

....

....

4일

버킷리스트를 만드는 오늘

나는 버킷리스트가 몇 개나 있다. 그때그때 하고 싶은 것이 바뀌었기 때문이기도 하고, 전에는 생각지도 못했던 것들이 하고 싶어졌을 때 다시 버킷리스트를 적어본다. 계속 반복해서 버킷리스트를 적어나가는 것이다.

버킷리스트는 그저 로또를 사고 나서 '당첨되면 뭘 살까?' 상상하기 같은 게 아니다. 내 삶에서 '나'라는 사람이 꼭 한 번 살아보고 싶은 순간을 떠올리며 삶의 목표를 채워가는 소중한 인생의 리스트다.

소원은 구체적으로

나의 버킷리스트중 하나는 책을 쓰는 것이었다. 공동 작가였지만 책을 쓰는 경험을 이뤄냈으니 이제는 버킷리스트를 바꿔서 단독 작가로서 책을 내기 위해 글을 쓰고 있다. 또 한 가지가 있다. 나의 버킷리스트 중에서 가장 어렵게 느껴지는 것이다. 그러나 그만큼 간절하다. 바로 엄마와 단 둘이 떠나는 여행이다. 이것이 뭐 그리 어려운가 생각하는 분들도 계실 것이다. 맞다. 절대 어려운 것이 아니다. 그런데 엄마가 여행을 질색하신다. 그러면서도 친구 분들과는 여기저기 여행을 잘만 다니신다. 나와 단 둘이 떠나는 여행이 그렇게 어색한 걸까?

"아이고, 나중에 가자."

매번 어디 가자고 할 때마다 똑같이 나오는 대답이다. 그래도 나는 지치지 않고 나의 버킷리스트를 실행하기 위해 이번에도 이야기를 했고 역시나 거절을 당했다. 그래도 괜찮다. 나는 또 제안할 것이다. 버킷리스트는 내가 포기하지 않고 실천해야만 하는 '내 삶의 순간'이니까 말이다. 누구도 대신할 수 없는 내 인생의 가장 소중한 순간들이다.

나의 버킷리스트

매번 추가하거나 고치기도 하지만 쓴다는 건 마음을 꺼내

쓸모없는
하루는 없다

는 일이기 때문에 나는 늘 버킷리스트를 적어둔다. 지금 현
재 나의 버킷리스트는 다음과 같다.

① 책 출판
② 베스트셀러 작가되기
③ 부모님과의 여행
④ 바디프로필 찍기
⑤ 루브르 박물관 샅샅이 다녀보기
⑥ 스카이다이빙 도전
⑦ 내가 번 돈으로 어머니 집 사드리기
⑧ 힘든 시간을 겪는 아이들에게 정기적인 봉사와 후원
(현재도 초록우산과 굿네이버스, 국제앰네스티에 정기 후원 중)
⑨ 평생 즐겁게 살기
⑩ ……

버킷리스트를 적으며 앞으로의 미래를 상상하는 동시에
진솔한 내 마음과 상태도 깨닫게 된다. 나 자신과 솔직하게
만나며 구체적인 내일을 그려보는 좋은 출발점이 아닐까?

나의 미래를 상상해보기

어린 시절의 소원이 아닌,
지금 현재 내가 원하는 '버킷리스트'를 적어보자.
남에게 보여주는 것이 아니기 때문에
최대한 지금 현재 나 자신에게 솔직하게 써 보자.
그리고 그걸 원하는 나와 대화해보자.
왜 그것을 원하는지, 원하지만 이룰 수 없다고
생각하는지, 그것을 위해서 지금 당장 할 수 있는
일은 무엇인지 나와 나의 대화를 가져보자.
그리고 지지하고 응원해주자.

나의 미래를 상상해보기

나의 버킷리스트

....

....

....

....

....

....

....

....

"누구도 대신할 수 없는 내 인생의
가장 소중한 순간들이다."

5일

꿈꾸는 오늘

한때 마음이 어둡고 삶의 의미를 찾지 못할 때, 세상은 공정하지 않다고 생각했다. 그래서 세상을 원망하고 모든 걱정과 불만에 세상 탓을 했다. 그런다고 나아지는 것은 당연히 없었고 오히려 스스로를 더 깊은 어둠으로 몰아갈 뿐이었다. 마치 내 삶에서 누군가가 희망이란 단어를 빼앗아간 느낌이었다.

살아있는 오늘이 내일을 만든다

삶의 아무 의미도 없을 때 사람은 죽음을 생각하게 된다. 나 역시 더 이상 살 필요가 없다는 갖가지 이유를 만들었다. 그러나 지금 내게서 예전의 어두운 그림자는 찾아볼 수 없다. 나는 누구보다 밝아졌다. 이유는 단 하나다. 하늘은 스스로 돕는 자를 돕는다는 세상의 이치를 깨달았기 때문이다.

나는 난임이다. 임신을 위해서 시험관 시술을 여러 번 했다. 왜 하필 나에게 이런 고통을 주는지 전에는 야속한 세상을 원망했었다. 그런데 시험관 시술을 하면서 난임에 대해 더 자세하게 알게 되었다. 시술을 하면서 몸도 마음도 많이 상했지만, 그로 인해 건강의 소중함도 알게 되었다. 역시 세상은 공짜가 없었다. 나는 다른 친구들과 달리 시간이 많았고, 그 시간으로 자기계발과 독서, 필사, 여러 가지 취미와 활동 등으로 나의 가치를 높여나갔다.

'세상에서 내가 제일 불행해.'
'세상은 나한테만 가혹해.'

이런 말만 하면서 아무것도 하지 않는다면 불행은 계속되고, 세상은 여전히 가혹하게 느껴질 뿐이다. 세상에는 공짜가 없다. 내가 하지 않으면 얻는 것도 없고, 내가 움직이면 그보다 더 많이 얻게 된다.

꿈을 꾸자

주변 사람들에게 꿈이 무엇이냐고 물으면 아주 불행하게

쓸모없는
하루는 없다

도 꿈이 없다고 한다. 꿈을 가질 시간도, 마음의 여유도 없다고 한다. 나 또한 그랬다. 따로 어떤 꿈을 꾸기보다는 그저 평범한 삶을 사는 게 꿈이라면 꿈이었다. 하지만 우리 다 안다. 평범하게 사는 게 제일 힘들다고.

나는 내 꿈이 무엇인지 모르고 내가 무엇을 잘하는지도, 무엇을 하고 싶은지도 몰랐다. 끝없이 보이는 뿌연 안개에 휩싸인 듯 내 꿈 같은 건 눈에 보이지 않았다.

실패가 좌절이 아닌 배움임을 깨닫고, 남이 아니라 나를 위해서 살기 시작하면서 조금씩 안개가 걷혔다. 그리고 세상은 열심히 노력하는 사람을 외면하지 않는다는 사실을 믿기 시작하면서 서서히 내 꿈이 보이기 시작했다. 내 꿈은 세 가지였다.

하나는 작가가 되는 것. 그리고 또 하는 엄마가 되는 것. 마지막 하나는 우리 엄마에게 근사한 집 한 채를 사주는 것이었다. 나는 내 꿈을 발견한 다음부터 '내일'이 기다려지기 시작했다. 꿈을 실현시키기 위해 공부를 하고, 시간과 의지를 내서 노력했다. 오늘 하루를 뿌듯하게 마감하고, 내일 하루를 기다리게 되었다.

오늘 꿈꾸면 내일이 보인다.

어릴 때만 꿈을 꾸고, 어른이 되면 꿈이 없어지는 건 이상한 일이다. 사람은 살아있는 한 계속해서 꿈을 꾸어야 한다. 꿈이 없는 삶은 희망이 없는 삶이다. 희망이 없는 사람에게는 기대도, 설렘도 없다. 하루하루가 지겨워지고, 의미 없어진다. 하지만 다시 꿈을 꾸는 순간, 마음 속에서 꿈틀거리는 나 자신을 발견한다. 내가 아니면 실현시켜줄 사람은 없다. 내 꿈은 내가 보듬어서 이루어주어야 한다. 오늘은 내 꿈이 무엇인지 꼭 알아내보자. 며칠이 걸릴 수도 있고 몇 달이 걸릴 수도 있다. 그래도 괜찮다. 큰 꿈이 아니라 작은 꿈부터 찾아보자. 1년 뒤가 아니라 바로 내일의 꿈부터 꾸기 시작하자. 포기하지만 않으면 된다. 꿈을 찾는 순간, 반짝반짝 빛나기 시작하는 나를 발견할 것이다.

다시 꿈꾸기

어린 시절 내 꿈은 무엇이었을까?
언제부터 나는 꿈이 사라졌을까?
꿈을 이루지 못했다고 해도 괜찮다고 말해주자.
꿈을 이뤘다면 나를 칭찬해주자. 그리고
오늘 다시 새로운 꿈을 꿔보자.
내일을 위한 꿈도 괜찮고, 다음 주를 위한
꿈도 괜찮다. 많으면 많을수록 좋다.
내 꿈을 적어보자.

다시 꿈꾸기

1) 어린 시절 내 꿈은 무엇이었을까?

....

....

....

2) 새로운 꿈을 적어보자

....

....

....

....

....

....

....

6일

행복을 찾는 오늘

이건 참 마음 먹기 어렵다. 행복…. 사람마다 비슷한 것 같으면서도 또 다르다. 뜬금없는 이야기를 해보겠다. 천국과 지옥은 종이 한 장 차이라고 한다. 마치 동전의 앞면은 천국, 뒷면은 지옥 같은 것이라고 한다. 이게 무슨 뜻일까? 내 마음에 따라 지금 여기가 천국이 될 수도, 지옥이 될 수도 있다는 뜻이다.

행복한 하루의 비결

아침에 일어나면 휴대폰을 보지 말고, 거울을 보자. 그리고 말해보자.

"오늘도 행복한 하루를 살아보자."

행복이란 멀리 있지 않다. 치르치르와 미치르가 찾아나선 '파랑새'는 세상 저 먼 곳이 아니라 바로 집 안에 있었던 것처럼 말이다. 멀리 있다고 생각하면 멀어보이고, 여기 있다고 생각하면 여기에 있는 게 바로 행복인 것 같다. 그게 말처럼 쉽냐고 하실 지도 모른다. 내 이야기를 한 번 해보겠다.

나는 아주 예민한 사람이었다. 성격도 아주 모나서, 누군가 나에게 싫은 소리를 하거나 누군가 아무렇지 않게 하는 말에 쉽게 상처입고, 상처 입은 그 상태 그대로 뾰족하게 반응했다. 그러면 그날은 지옥이다. 그렇게 지옥 같은 하루를 보내는데 그런데 이상했다. 그럼에도 불구하고 내 주변은 너무 평화로웠기 때문이다.

나는 막 화가 나고, 억울하고, 분해 죽겠는데, 거리에 지나가는 사람은 서로 웃고, 사랑스럽게 쳐다보고, 즐겁게 이야기하고 있다. 자, 내 지옥은 누가 만든 것일까?

그래서 나는 아침에 일어나자마자 '오늘 하루 행복하게 지내야지' 마음먹고, 누가 뭐라든 나의 행복을 지키기 위해 남들에게 방해되지 않는 선에서 내 마음이 가는 대로 했다. 작은 행복에도 감사하고, 그 행복을 누렸다. 마음이 행복해지니까 말도 상냥해졌다. 덩달아 내 행동도 상냥해졌다. 주변 사람들은 어리둥절해서 오늘 무슨 좋은 일이 있냐고 했다. 나는 그렇다고 했다. 오늘 자체가 좋은 거니까. 그 날은 평생 처음으로 내가 만든 행복한 오늘이었다. 행복은 멀리 있지 않다는 말을 실감했다. 아니, 행복은 바로 내 안에 있었다.

작은 행복 누리기

지금 행복한 이유 5개를 찾아보자.
숨 쉴 수 있는 공기, 아름다운 날씨,
소중한 사람, 당연하다고 생각했던 것들이
사실 행복의 이유라는 사실을 발견해보자.
매일 밥을 먹을 때마다 행복한 이유 2개를
찾아보자. 일주일 동안 실천해보자.

작은 행복 누리기

매일 행복한 이유 2개를 찾아보자.
일주일 동안 실천해보자.

"행복은 멀리 있지 않다는 말을 실감했다.
아니, 행복은 바로 내 안에 있었다."

7일

친절한 오늘

　매순간 친절한 사람은 기품이 있고 고귀함이 흘러넘친다. 하지만 나는 늘 불친절한 사람이었다. 항상 뾰족하게 뿔을 세우고 '누구라도 걸리기만 해봐, 아주 그냥…'을 외치고 다니던 사람이었다. 늘 구설수에 올랐고 늘 싸우기만 했다. 언제나 예민하니 몸도 쉽사리 지쳤다. 두통이 없는 날이 없었다. 어느 날 항상 친절함을 유지하는 지인을 만나 상담을 했다. 그 분은 어떠한 상황에서도 화를 내는 법이 없었고 큰 일도 차분히 웃으면서 해결하는 놀라운 능력을 가진 분이셨다. 나는 너무 궁금했다.

　어떻게 화를 안 내고 살 수 있어?

나는 그 분에게 물었다. 그 분은 대답 대신 다시 내게 질문했다.

"넌 왜 화가 나는데?"

순간 한 대 얻어맞은 것처럼 멍해졌다. 난 왜 언제나 화가 차올라 있었던 걸까? 그러자 그 분이 이렇게 대답했다.

"나는 친절한 게 아니야. 그저 화나는 일이 많지 않을 뿐이야."

생각해보니 나는 조그만 일에도 뿔을 세우고 들이받기부터 했다. 빨간 망토만 보면 덤벼드는 투우장의 소처럼.

"나는 싸우는걸 잘 못해. 그리고 싸우는 것도 싫어하고. 큰소리 내는 것도 내 스타일이 아니라서…. 그래서 나는 좋은게 좋다고 굳이 예민하게 굴어봐야 내 몸만 아프더라고, 너가 보는 나는 친절해 보일 수도 있겠지만, 난 그저 내 마음이 상하는 게 싫을 뿐이야. 그래서 늘 좋게 해결을 보려고 해. 싸우지 않고 해결할 수 있다면 상대방도 좋아하지 않을까?"

쓸모없는
하루는 없다

집에 돌아와서 한참을 생각했다. 나는 너무도 예민했고, 늘 싸울 준비를 하고 있는 사람 같았으니 말이다. 그런데 그렇다고 해서 갑자기 늘 친절하자니 그것도 어색했다. 그래서 내가 지금 할 수 있는 것이 무엇일까 생각해보니 한 가지 아이디어가 떠올랐다. 마트에 가면 친절하게 인사하며 맞이해주는 분들이 계시지 않은가. 나는 당연한 듯 그분들의 인사를 받아만 왔다. 하지만 이제부터는 내게 친절하게 인사해주시는 분들에게 나도 친절하게 인사를 하기로 했다. 아파트 청소해주시는 분과 경비 아저씨에게 먼저 목례를 했다. 그것이 시작이었다. 이제는 언제나 먼저 '안녕하세요? 수고하세요!' 인사를 한다.

인사를 주고받으니 점점 마음이 편해지고 여유가 생겼다. 내가 나의 예민함에만 집중할 때는 보이지 않던 친절한 세상이 보이기 시작했다. 물론 억지로 친절하게 할 필요는 없다. 하지만 가만히 찾아보면 나에게 친절하게 다가오는 세상이 보일 것이다. 길가에 핀 꽃 한 송이도 그렇고, 우연히 마주치는 사람과도 친절함을 나눌 수 있다.

친절하기

나에게 친절하게 대해주는 사람들을 떠올려 보자.
그리고 그 사람들에게 나도 친절하게 말하고
행동해보자. 그 다음에는 나에게 친절하게
대해주었으면 하는 사람을 떠올려 보자.
그리고 나한테 해주기 원하는 대로 그 사람에게
먼저 친절을 베풀어보자. 만약 그 사람이
내 친절함을 받지 않으면 그 사람의 손해일 뿐이다.
친절을 베풀면 더 큰 친절로 돌아올 것이다.

친절하기

1) 나에게 친절하게 대해주는 사람들을 떠올려 보자.

....

....

2) 내가 베풀수 있는 친절함에는 어떤게 있을까?

....

....

....

....

....

....

"가만히 찾아보면 나에게 친절하게 다가오는
세상이 보일 것이다."

8일

일찍 일어나는 오늘

　속담에 일찍 일어나는 새가 먼저 먹이를 먹는다는 말이 있다. 반면에 (농담이긴 하지만) 일찍 일어나는 새가 먼저 잡아먹힌다는 말도 있다. 먹이도 먹어보고, 잡아먹히기(?)도 해봤지만, 역시 일찍 일어나는 새는 분명히 그만큼 보상을 받는 것 같다.

　일단 일찍 일어나면 일찍 일어났다는 성취감을 느낄 수 있다. (늦잠을 자고 나면 반대로 무기력이 밀려온다) 일찍 일어나면 하루가 더 길어지기 때문에 무엇을 해도 시간이 충분하게 느껴진다. 직장인이라면 조금만 더 일찍 일어났을 뿐인데도 시간이 넉넉하게 생긴다는 걸 경험으로 알 것이다.

세상을 바꾸는 가장 간단한 일

지금은 다들 늦게까지 할 일도 많고, 밤새 열심히 활동하다가 아침에 쉬는 사람도 많다. 그렇지만 할 수만 있다면 일찍 일어나는 편이 나를 위해서도, 또 지구를 위해서도 좋은 것 같다. 갑자기 왜 지구 이야기냐고? 일찍 일어나서 해 뜨는 풍경을 보다보니 문득 매일 떠오르는 태양조차도 뿌옇게 보일 때가 많더라. 일찍 일어난 덕분에 발견하게 된 소중함이랄까?

일찍 일어나는 것이 익숙해진다면 덕분에 생긴 여유시간 중에 20분은 지구를 위해서 써보면 어떨까? 우리는 이제 교과서가 아니라 현실에서 기후위기를 체감하고 있다. 봄, 가을이 짧아지다 못해 사라지는 게 느껴지고, 해마다 태풍에 홍수에 가뭄에 혹서에 몸살을 앓고 있다. 하지만 아직 돌이킬 수 있고, 또 막을 수 있는 힘이 있다고 생각한다. 무턱대고 쓰는 플라스틱과 무턱대고 버리는 쓰레기들, 아무생각 없이 그냥 버리는 재활용품들이 지구를 아프게 하고 마침내 우리도 아프게 하고 있다.

지금의 아이들은 앞으로 어떤 세상에서 살아가게 될까? 지금의 지구보다 내 조카들이 살아갈 지구가 더 걱정이 된다. 우리 세대에서 마구 쓰고 함부로 다룬 지구의 복수가 우리

조카들에게 오지 않을까 하는 두려움 때문이다.

나는 한 번씩 언급한 MKYU대학에서 그린 인플루언서 과정을 수료했다.

더 큰 세상을 볼 수 있는 시간

아침에 일찍 일어나면 뉴스도 더 잘 보이는 것 같다. 아침 뉴스는 주로 어제 있었던 내용을 요약해서 정리해주고, 오늘 일어날 일을 전망해주는 것이라서 밤 뉴스보다 더 차분하고 잘 정리된 느낌이 든다. 그리고 아침이라서 그런지 경제나 실생활과 관련한 유익한 정보 뉴스도 많다. 예전에는 아침에 일찍 일어나면 신문을 읽으라고 했지만, 요즘은 인터넷에 모든 신문이 다 있으니 조금만 시간을 내면 세상이 더 잘 보인다.

한 번 일찍 일어나보자.

일찍 일어나기

무리해서 갑자기 새벽 4시에 일어날 필요는 없다.
지금 일어나는 시간에서 딱 30분만 더 일찍
일어나보자. 그리고 그 시간을 우선 나를 위해서
쓰자. 운동을 해도 좋고, 공부를 해도 좋다.
독서를 해도 좋고, 필사를 해도 좋다.
뉴스를 듣거나 음악을 들어도 좋다.

9일

최선을 다하는 오늘

당신의 오늘은 어떠했는가? 누군가는 너무도 힘든 하루였을지도 모른다. 또 누군가는 너무 지친 하루일 수도 있다. 하지만 나는 당신이 손가락 하나 움직일 수 없을 만큼 온 힘과 열정을 다해서 하얗게 불태운 하루였기를 바란다.

힘든 하루와 뿌듯한 하루

학창시절이었다. 수업하러 오시는 선생님마다 매번 오늘 날짜와 번호가 같은 나를 불러내서 칠판에 문제를 풀거나, 일어나서 책을 읽게 했다. 문제를 제대로 풀지 못하면 많은 학생들 앞에서 무안을 주셨고, 소심한 성격 탓에 책을 읽으면서도 벌벌 떨고 기어들어가는 목소리로 겨우 겨우 읽고 나면 얼굴이 벌겋게 달아올라 책 속에 얼굴을 파묻고 스스로를 책망했었다.

살면서 일이 꼬이기만 한 적이 여러 번이다. 꼬인 일을 풀기 위해 애쓰면 오히려 더 꼬이기만 할 때도 있었다. 마치 수렁에 빠져들 듯 허우적거리다가 지쳐서 녹초가 되고 만다.

하루가 꼬이지 않게 하는 방법을 김미경 선생님께 배웠다. 처음에는 충격 그 자체였다. 일이 꼬이면 관망자가 되라고 하는 것이었다. 아니, 꼬인 더 열심히 노력해도 풀어낼까 말까 하고 있는데 관망자가 되라니? 아니, 자기객관화를 해보라고요?

나는 결혼 초기 남편과 엄청나게 싸워댔다. 매번 사네, 못 사네를 반복했고. 양가 집안은 우리가 전화하면 늘 심장이 덜컥 내려앉았을 정도였다. 아무것도 아닌 사소한 일에도 언성이 올라가고 감정적으로 싸우다 보니 좋은날보다 싸우는 날이 더 많았고, 그럴 때마다 홀로 외딴 섬에 갇힌 기분이 들었다. 늘 어떤 사소한 문제로 싸움이 시작되는데, 결국은 '말을 왜 그렇게 하는데?', '넌 항상 그게 문제야.', '이럴 거면 헤어져.'로 번졌다.

다행히 둘 다 서로를 향한 마음이 더 커서 극단으로 가지는 않았지만 계속 되는 싸움에 지쳐갔고, 서로 소원해지기 시작했다. 그러던 중 듣게 된 게 김미경 선생님의 강의였다.

쓸모없는
하루는 없다

너무 풀기 어려운 일이 생기면 거기서 빠져나와 관망자가 되라고 하셨다. 그것이 자기객관화다.

나는 싸움의 당사자가 아니라 관찰자가 되어보기 시작했다. 우리 부부의 싸움은 정말 너무 보잘 것 없는 것에서 시작했다. 누가 봐도 '저걸로 싸워?'라고 할 정도로….

그런데 그 사소한 다툼(?)이 감정싸움으로 옮겨가는 게 보였다. 그때부터는 왜 싸우게 되었는지는 중요하지 않았다. 서로 자기감정을 못 이기고 부딪히고 있었다. 거기서 끝이 아니었다. 감정싸움이 다시 자존심 대결로 커져버리는 게 아닌가. 보고 있자니 당황스럽고 또 안쓰러웠다.

'저렇게 싸울 일이 아닌데…….'

나는 깨달았다. 내가 감정싸움으로 옮겨가지 않게 반응을 차단해야겠다고 생각했다. 유연하게 대처하고 절대 감정적으로 대응하지 말자고 결심했다.

그랬더니 신기하게도 싸움이 잦아들었다. 남편 눈에도 내가 노력하는 모습이 보였는지, 남편 역시 감정적으로 대응하지 않으려고 노력하기 시작했다. 나는 이런 자기객관화가 지치는 것이 아니라 최선을 다할 수 있게 해주는 비결이라고 생각한다.

　너무 그 문제에만 빠져있으면 무슨 노력을 해도 늪에 빠져 들어가는 것처럼 힘만 소모하게 된다. 가정일도 그렇고, 회사일도 그렇다. 인간관계도 말할 것도 없다. 그러면 최선을 다하는 게 아니라 힘만 소모하게 된다. 하지만 거기서 빠져나와서 자기객관화를 하면, 문제의 원인이 보이고 대책이 보이기 시작한다. 그러면 최선을 다해서 문제 해결에 집중하게 되고, 힘은 들지만 지치지는 않는다.

　당신의 오늘은 어떠했는가? 문제에서 빠져나와 자기객관화를 한 번 해보자.

쓸모없는
하루는 없다

3인칭으로 '나의 하루' 적어보기

최근 힘든 일이나 인간관계에서 어려움을 겪고
있다면 '나'의 1인칭 관점이 아닌,
'그/그녀'의 3인칭으로 그 상황을 다시 적어보자.

ex) 그는 뭔가 아침부터 어딘가 불편해보였다.
약간 안절부절 못하는 것 같았다. 그런 모습이
하루종일 이어졌다. 편하게 웃지도 않고,
계속 긴장한 모습이었다.

3인칭으로 '나의 하루' 적어보기

1) 최근 경험한 일이나 관계의 어려움을 '그/그녀'의 3인칭으로 상황을 적어보기

....

....

....

....

2) 그/그녀에게 따뜻한 충고해주기

....

....

....

....

10일

힘차게 시작하는 오늘

어느덧 오늘을 살기 시작한지 한 달이 되었다. 지난 한 달 동안 어떤 변화가 일어났는가? 별로 변화하지 않은 것처럼 보인다면 걱정하지 말라. 행동보다 당신의 생각이 먼저 변하는 중일 것이다. 자, 이제는 오늘을 살아가는 일만 남았다. 지난 한 달을 돌아보며 우리 모두에게 새로운 오늘을 시작하는 격려의 편지를 써보자.

행복한 나를 만드는 여정에 함께 해주신 모든 분들께

그동안 숱한 방황과 위기를 겪으면서 지금까지 살아낸 당신께 감사의 박수를 보내드립니다. 그 모든 시간은 더 나은 오늘을 만나기 위한 밑거름이었을 것입니다. 때로는 삶이 멈춘 것처럼 느껴질지라도 포기하지 않고 새로운 오늘을 맞이

한다면 앞으로도 우리의 삶에는 여러 가지 크고 작은 일들이 일어날 겁니다. 그리고 그 안에는 틀림없이 소중하고 값진 무엇인가가 들어있을 겁니다.

힘들 때도 있겠지만, 오늘을 돌아보고, 마주하고, 맞이하면서 또 한 걸음 걸어가는 당신이 되기를. 우리 안에는 늘 하고 싶은 것도 많고, 알고 싶은 것도 많고, 여전히 되고 싶은 것도 많은 꿈 많은 아이가 있습니다. 하지만 꿈을 이루는 것보다 더 중요한 건 그 아이를 지지하고 응원하고 알아주는 것이 아닐까요?

오늘이 주어졌음에 항상 감사하는 마음을 간직합시다. 오늘이 있기 까지 내가 잘나서가 아닌 모두의 격려와 응원 덕이라는 것을 잊지 않았으면 좋겠습니다. 우리의 오늘을 응원합니다.

쓸모없는
하루는 없다

오늘을 함께하는
모든 분께 감사합니다

언제나 든든하게 함께 해주시는 시부모님, 전영출, 김순자.

사랑하는 나의 어머니, 최경이.

그리고 늘 제 가슴 속에 살아계시는 울 아빠, 이일호.

새로운 오늘을 시작하게 도와주신 김미경 학장님,

나의 삶에 없어서는 안 될 소중한 친구들, 노민정, 엄인덕, 정승민, 박주영, 정인영, 백수진, 김건화.

그리고 고맙고 사랑하는 나의 남편, 전용기.

정말 감사합니다.

나를 위한 하루 시 리 즈 〈나를 위한 하루〉 시리즈는 숨 쉴 틈조차 없이 바쁘게 살아가는 사람들을 위한 쉼과 재충전, 치유와 회복을 위해 만들었습니다. 빡빡한 일상에서 이리저리 부대끼며 살아갈 때, 매일 열심히 뛰며 노력하지만 정작 아무 만족감 없이 밀려드는 공허함을 느낄 때, 나 자신을 돌아보며 스스로에게 충실한, 선물 같은 하루를 드리고자 합니다.

쓸모없는
하루는 없다

1판 1쇄 발행 | 2023년 7월 31일
2쇄 발행 | 2023년 10월 02일

지은이. 이은미
펴낸이. 김태영

도서출판 큐(씽크스마트)
경기도 고양시 덕양구 청초로 66,
덕은리버워크 지식산업센터 B동 1403호
전화. 02-323-5609

홈페이지. www.tsbook.co.kr
블로그. blog.naver.com/ts0651
페이스북. @official.thinksmart
인스타그램. @thinksmart.official
이메일. thinksmart@kakao.com

*씽크스마트 - 더 큰 세상으로 통하는 길
'더 큰 생각으로 통하는 길' 위에서 삶의 지혜를 모아 '인문교양, 자기계발, 자녀교육, 어린이 교양·학습, 정치사회, 취미생활' 등 다양한 분야의 도서를 출간합니다. 바람직한 교육관을 세우고 나다움의 힘을 기르며, 세상에서 소외된 부분을 바라봅니다. 첫 원고부터 책의 완성까지 늘 시대를 읽는 기획으로 책을 만들어, 넓고 깊은 생각으로 세상을 살아갈 수 있는 힘을 드리고자 합니다.

*도서출판 큐 - 더 쓸모 있는 책을 만나다
도서출판 큐는 울퉁불퉁한 현실에서 만나는 다양한 질문과 고민에 답하고자 만든 실용교양 임프린트입니다. 새로운 작가와 독자를 개척하며, 변화하는 세상 속에서 책의 쓸모를 키워갑니다. 흥겹게 춤추듯 시대의 변화에 맞는 '더 쓸모 있는 책'을 만들겠습니다.

*천개의마을학교 - 대안적 삶과 교육을 지향하는 마을학교
당신은 지금 무엇을 배우고 싶나요? 살면서 나누고 배우고 익히는 취향과 경험을 팝니다. 〈천개의마을학교〉에서는 누구에게나 학습과 출판의 기회가 있습니다. 배운 것을 나누며 만들어진 결과물을 책으로 엮어 세상에 내놓습니다.

ISBN 979-11-984411-1-9 (03600)